«Ganz große Oper.» Kolja Mensing, *Frankfurter Allgemeine Zeitung*

«Eine Elegie in Weißgold, ein todtrauriges Duett, mit einem Finale, das die beiden Wohlstandskinder den großen Liebespaaren der Weltliteratur an die Seite stellt.» Oliver Jungen, *WDR 3*

«Das kühle und klare Porträt einer vermögend geborenen Generation, die das Glück mit einem Etikett verwechselt.» Claudia Voigt, *Der Spiegel*

«Ein existentielles Endspiel.» Denis Scheck, *Deutschlandfunk*

«Ein gut platzierter Schlag in die Magengrube, bei dem man sich noch Tage später fragt: Was ist hier eigentlich passiert?» Matthias Wulff, *WELT AM SONNTAG*

«130 Seiten hat dieses kleine, unfassbar kluge Buch – damit man es zweimal lesen kann.» Jan Drees, *WDR 1Live*

Alexander Schimmelbusch

BLUT IM WASSER

Roman

Rowohlt
Taschenbuch Verlag

Neuausgabe

Veröffentlicht im Rowohlt Taschenbuch Verlag, Hamburg,
September 2024

Covergestaltung Anzinger und Rasp, München
Coverabbildung «Der Mönch am Meer» (Ausschnitt).
Gemälde von Caspar David Friedrich, 1808–1810.
Berlin, SMB, Nationalgalerie
(Jörg P. Anders / Nationalgalerie, SMB / bpk)
Satz aus der DTL Dorian
bei Dörlemann Satz, Lemförde
Druck und Bindung CPI books GmbH, Leck
ISBN 978-3-499-00179-6

AMERIKA
Ostküste
2010

ALEX

Als ich aufwache, habe ich einen trockenen Riesling-
geschmack im Mund. Ich liege reglos da, in einem leeren
Raum, nackt unter einem dünnen Laken. Die gläsernen
Wände, die mich umgeben, sind vereist, die kahlen
Zweige hinter ihnen sind nur als graphische Strukturen
sichtbar. Mein Haus ist nicht beheizt, aber mein Atem
bildet keine Dampfwolken. Für einen Augenblick habe
ich Angst, dass ich in der Nacht gestorben bin.

Ich stehe auf und schleppe mich ins Badezimmer, wo
ich den Spiegel mit einem Handtuch verhänge. Ich habe
keine Pläne für den Tag, ich habe Nasenbluten und Seh-
störungen und Schmerzen in meiner Brust, für die ich
keine harmlose Erklärung habe. Ich drehe am Wasser-
hahn und beuge mich nach vorne, nehme behutsam drei
tiefe Schlucke, bevor ich meinen Kopf unter den eis-
kalten Schwall strecke. Den Versuch, meine Zähne zu
putzen, muss ich sofort wieder abbrechen, da die Vibra-
tionen der elektrischen Bürste Kopfschmerzen wecken.

Über die hintere Treppe gelange ich in meine aus Deutschland importierte Küche, die in ihrer Reduktion, wie es Amy formulierte, als sie vor Kurzem bei mir zum ersten Mal zu Gast war, an einen Obduktionssaal erinnert. Vor der offenen Tür des Kühlschranks beginne ich damit, eine Flasche fettarme Milch zu leeren. Ich konzentriere mich dabei auf die Schluckgeräusche, die in meinem Kopf zu hören sind, und spiele mit dem Gedanken, mir eine Zeitung auszudrucken, verwerfe diesen aber, da ich mich momentan noch nicht in der Lage fühle, mich für irgendetwas zu interessieren.

Ich schiebe eine Glastür auf und eile unbekleidet hinaus in den Garten. Die Kälte der Luft, die in mein Gesicht weht, tut mir gut; die Lebenszeichen meines Körpers stabilisieren sich. Für einen Augenblick halte ich inne, im tiefen Schnee auf der Plattform, die flach über der Wiese schwebt, und versuche, mir den Ablauf der vergangenen Nacht ins Gedächtnis zu rufen: ohne Ergebnis. Dann mache ich mich auf den Weg hinab zum Schwimmbecken, das die kalte Jahreszeit über auf Whirlpooltemperatur erhitzt ist.

Das Haus hinter mir, das ganz aus Glas und Stahl gebaut ist, habe ich selbst in Auftrag gegeben, es ist exakt auf meine Bedürfnisse zugeschnitten. Von meinem Schreibtisch aus habe ich einen unverbaubaren Blick über den Fluss hinweg auf die Bürostädte am gegenüberliegenden Ufer. Die Zimmer sind spärlich möbliert, einige stehen leer; die Böden sind mit Platten aus Travertin ausgelegt. Ich habe mir den Grundriss meines Hauses offenbar so gut eingeprägt, dass ich mich darin auch bei Finsternis in gewohnter Geschwindigkeit fortbewegen kann, ohne irgendwo anzustoßen. Diese Tatsache ist mir irgendwann einmal im Zuge eines Stromausfalls bewusst geworden, als ich, nachdem in der Stadt die Lichter erloschen waren, meinen Ablauf fortsetzte, als wäre nichts geschehen.

In der sprudelnden Hitze unter der Oberfläche wird mir schwarz vor Augen. In meinem Zustand schwimmen zu gehen ist zweifellos gefährlich, aber ich weiß: wenn ich nicht regelmäßig Sport treibe, vergreise ich. Stoisch beginne ich daher, meine Bahnen zu ziehen. Angst vor dem Ertrinken, denke ich mir, kann man mühelos verdrängen. Man kann in die Großstadt ziehen, sich eine Aufgabe suchen, sein Glück finden. Man kann, wie ich mir denke, während ich eine formvollendete Wende abschließe, sich ein Lächeln aufsetzen.

Eine Stunde später ungefähr klettere ich auf den Beckenrand hinauf, um mich der einschläfernden Umarmung des Frostes zu stellen. Ich strecke meine Arme aus, lege den Kopf in den Nacken und beobachte den Dampf, der von meinem Körper aufsteigt; dann lasse ich meine Augen zufallen. Irgendwo auf der Welt rüsten kriegsmüde Rebellen zu ihrer letzten Offensive, irgendwo hört ein Kranker in der Nacht nur das Piepsen der Infusionsregler, irgendwo, denke ich mir, bietet ein junges Mädchen, indifferent geworden, seine Dienste an.

Im Wohnzimmer ziehe ich mir einen Bademantel über und sehe auf dem niedrigen Tisch, der inmitten der Sitzmöbel steht, leere Weinflaschen und erinnere mich daran, dass es gestern Abend mehrfach an meiner Tür geklingelt hatte, dass ich den Ton erst ignoriert, dann aber doch aufgemacht und Amy erblickt hatte. Sie trug eine aus Samt gefertigte Jacke, die im Stile Napoleons gehalten war und sicher einer illustren Manufaktur entstammte, auf mich aber ungeheuer albern wirkte, und ich erinnere mich, dass mich der Verdacht beschlich, dass die Jacke *gegen mich* gerichtet war, dass sich Amy diese Jacke mit dem spezifischen Vorsatz angezogen hatte, mich in den Wahnsinn zu treiben, aber bevor ich sie mit meinem Verdacht konfrontieren konnte, war sie auch schon an mir vorbeigehuscht, durch die Haustür ins Foyer hinein und weiter ins Wohnzimmer, wo sie es sich auf einem Sitzmöbel bequem machte. Ich blieb noch eine Zeitlang unter dem Vordach stehen, um hinaus ins Schneetreiben zu blicken. Über den hohen Hecken, die ich habe pflanzen lassen, um mir den Blick auf das Cancer Center zu versperren, waren die spitzen Uhrentürme der alten Universität zu sehen.

Die Tatsache, dass ich fast jeden Tag schwimme, hat im Zusammenspiel damit, dass ich kaum noch etwas esse, dazu geführt, dass ich eine schlanke und, wie ich mir denke, als ich in meiner Ankleide vor den Spiegel trete, attraktive Figur habe. Mein Bauch ist flach, meine Muskeln sind nachhaltig definiert. Um dem heute jedoch eher verwahrlosten Eindruck meines Gesichts entgegenzuwirken, wähle ich einen eng geschnittenen grauen Anzug, ein weißes Hemd, dessen Kragen ich offen lasse, und eine besonders schöne, vor einem Jahrzehnt meinem Vater entwendete schwarze Krawatte.

Als ich in meine Einfahrt hinaustrete, formieren sich Wolken über der Stadt. An den Stützbalken der Veranden der viktorianischen Holzvillen, die meine Straße säumen, flackern altmodische Petroleumlampen. Ich konzentriere mich auf die Geräusche, die zu hören sind: auf das fröhliche Geschrei von Kindern, das aus einem Wohnzimmer in die Dämmerung dringt, auf den Ruf einer Eule, auf den Donner der Triebwerke betagter Düsenflugzeuge, die von der nahe gelegenen Startbahn abheben, um die Menschen nach ihrem Tag in der Hauptstadt nach Hause zu tragen. Als ich das Taxi, das ich soeben bestellt habe, in meine Straße einbiegen und sich langsam seinen Weg zu mir hinauf bahnen sehe, kommt mir der Gedanke, dass heute ein hervorragender Tag wäre, um im Park vor dem Capitol ein wenig spazieren zu gehen.

Es wird schnell dunkel und entlang der verschneiten Straßen von Georgetown gehen die Lichter an. Diese museale Gegend, ehemals eine eigenständige Stadt, die mit der Hauptstadt erst im letzten Jahrhundert zusammenwuchs, ist der einzige Ort, wie mir wieder klar wird, als der Taxifahrer in die Prospect Street einbiegt, an dem ich mich einigermaßen heimisch fühle, was mir daher als bemerkenswert erscheint, da ich hier nie mit einer Familie, sondern immer nur allein gelebt habe. Möglicherweise, denke ich mir, hängt dieses Gefühl mit der Universität zusammen, mit meiner Alma Mater, wie man ja sagt, die für den Menschen, der an einer Universität dieser Art in Amerika studiert hat, oft wie eine zweite Staatsbürgerschaft ist, wie eine nach dem Abschluss ein Leben lang vermisste zweite Heimat. Es setzt wieder Schneefall ein und die Stille wird allein durch den Klang der Glocken der Uhrentürme durchbrochen, die seit Jahrhunderten jede Stunde schlagen, irgendjemandem wohl, aber nicht mir, wie ich mir sage.

PIA

Es ging mir schon lange schlecht, als ich schließlich zum Arzt ging, lange Zeit hatte ich mir nichts dabei gedacht, denn wie lange war es her, dass es mir gut ging? Ich rief den Nachlassverwalter meiner Mutter an, schilderte ihm meine Symptome, woraufhin er mir einen Termin machte, bei einem Spezialisten, wie er sagte; ich solle mir keine Sorgen machen. Ich stieg in meinen Mercedes, fuhr in die Stadt hinein und sprach in der Praxis vor. Ich kam sofort dran.

Den ganzen Vormittag lang wurde ich einer eingehenden Prüfung unterzogen, ich wurde abgeklopft, mehrfach angezapft, ich wurde in den Röntgensarg geschoben, und freute mich schon auf ein ruhiges Lunch im Cipriani, als ich schließlich in das Büro des Spezialisten gebeten wurde. Der alte Mann erhob sich, als ich eintrat, gab mir die Hand und lächelte. Er wies mir den Patientenstuhl zu. Er zog die Tabelle meiner Werte hervor. Er begann zu sprechen: wenn er ehrlich sein solle, gefalle ihm ganz und gar nicht, was er da sehe, die Krankheit, die ich habe, sei eine ausgesprochen hässliche, Fakt sei, dass es keineswegs gut für mich aussehe und er bitte um Verzeihung, er müsse einen Anruf entgegennehmen. Er sprach in jovialem Tone mit einem Kollegen.

Ich war dankbar, dass er telefonierte, dankbar für den Aufschub, als den ich das Telefonat begriff, und während ich etwas spürte, das sich wie das rostige Blatt einer Säge anfühlte, sah ich mich im Zimmer um. Der Alte hatte offenbar die *Blood* abonniert, eine Fachzeitschrift über Blutkrankheiten, denn Ausgaben der Zeitschrift lagen überall in seinem Büro verstreut. An der Wand hinter ihm hingen in Holz gerahmte Urkunden, die ihn als Mitglied der BEST DOCTORS IN NEW YORK, der BEST DOCTORS IN AMERICA und auch von AMERICA'S TOP DOCTORS auswiesen, ihm für die Jahrzehnte als PRESIDENT der NEW YORK CANCER SOCIETY dankten und ihn unter anderem als TEACHER, MENTOR, FRIEND priesen. Auf dem Fenstersims Tennispokale, an der Wand hinter mir Bilder seiner Enkelkinder, Buben mit amerikanischen Gesichtern und hübsche Mädchen mit Schleifen in den Haaren.

Wie er mir bereits mitgeteilt habe, fuhr der Alte fort, als er aufgelegt hatte, sei die Krankheit, die mich befallen habe, eine sehr gefährliche, unabhängig davon, welche Behandlungsmethode man jetzt wähle, sei es äußerst unwahrscheinlich, dass ich die Luft des Frühlings atmen werde, dies stimme ihn traurig, ich sei ja noch jung, aber so sei es nun mal, und teilte mir also formell mit, dass ich sterben werde, vor Ende des Jahres noch, sagte er und bat um Verzeihung, er müsse einen Anruf entgegennehmen, und ich stand auf, verschwand im Aufzug, fuhr ins Erdgeschoss und trat in die Sonne hinaus.

Aber ich lebe noch, ich lebe draußen vor der Stadt, im Gästehaus des an der Küste gelegenen Anwesens, das meine Mutter mir vermacht hat. Auf dem Strand vor meiner Terrasse, die man im Winter mit Glas verkleiden und so das ganze Jahr über nutzen kann, sind im Sommer Einsiedlerkrebse zu sehen und hochbeinige Vögel, die mit den Schnäbeln versuchen, die Krebse aus ihren Schneckenhäusern zu picken. Den eleganten

Sandsteinbau, der weiter oben auf dem Grundstück steht, den meine Mutter errichten ließ, um darin ihren Lebensabend zu verbringen, habe ich versiegeln lassen; ich werde ihn nicht mehr betreten. In meinem Testament habe ich festschreiben lassen, dass alles so bleiben wird, wie es ist, dass der Garten gepflegt werden und ein Wachdienst dafür sorgen wird, dass kein Unbefugter das Grundstück betritt, dass diese Maßnahmen aufrechtzuerhalten sind, bis das Vermögen zur Neige geht, das ich von meinem Vater geerbt habe, also für tausend Jahre.

Seit ich weiß, dass ich krank bin, ernähre ich mich gesund. In der Markthalle am Hafen gibt es Obst und Gemüse vom Bauern und fangfrische Krustentiere. Die Hummer lebendig ins kochende Wasser werfen, wie es unter Menschen ja Sitte ist, konnte ich noch nie, das letzte Aufbäumen, wenn der Dampf die von der Kälte betäubten Tiere aufschreckt, ertrage ich nicht. Meist lege ich sie auf ein Holzbrett, hacke sie mit einem Beil ohne Vorwarnung längs entzwei, brate die Hälften auf hoher Flamme an und dünste sie dann in Pouilly-Fuissé.

Seit ich weiß, dass ich krank bin, denke ich oft an die Menschen, die ich gekannt habe, an den einzigen Menschen, wie ich mir eingestanden habe, der für mich, von meiner Familie abgesehen, jemals von Bedeutung war. Es ist über ein Jahrzehnt vergangen, seit wir uns gesehen haben. Wir haben uns seither auch nicht gesprochen, wir haben uns keine Briefe geschrieben. Das heißt, ich habe ihm schon Briefe geschrieben, vor allem in den ersten Jahren, viele sogar, aber ich habe sie nicht geschickt. Ständig frage ich mich, was aus ihm geworden ist. Erinnert er sich an mich? Ist er verheiratet? Ist er Vater geworden? Vor Kurzem habe ich mich wieder ins Telefonbuch eintragen lassen, in New York und Washington, und beide Leitungen hierher auf mein leistungsstarkes Mobiltelefon schalten lassen. Wie lange noch, weiß ich nicht, und lange ist es sicher nicht, aber im Augenblick bin ich erreichbar.

ALEX

Das Taxi hält vor dem East Building der National Gallery. Ich steige in die Dunkelheit hinaus. Ich stelle meinen Mantelkragen auf und laufe durch frisch gefallenen Schnee, der auf den Gehwegen bis über die Knie reicht, in den Park hinein, an den die Flanke des Museums grenzt, der sich als schmale Schneise vom Capitol bis zum Tempel des Abraham Lincoln erstreckt und in seinem oberen Abschnitt von der Achse gekreuzt wird, die das Weiße Haus mit dem Tempel des Thomas Jefferson verbindet, sodass sich, aus dem Weltraum betrachtet, das Bild eines Christenkreuzes ergibt.

Ich muss an meine Mutter denken, die das Museum hier jedes Mal, wenn sie in Washington bei mir zu Gast war, zu besuchen pflegte, da die Architektur, wie sie mir erklärte, der elfenbeinfarbene Marmor, mit dem das gesamte Gebäude verkleidet ist, eine besänftigende Wirkung auf sie habe. Sie verbrachte ihre Zeit im Rothkozimmer, vor den meterhohen Farbfeldern, und als ich sie dort einmal abholte und wir im Café im ersten Stock Chardonnay trinkend am Tresen saßen, erzählte sie mir, dass sich Mark Rothko immer dagegen gewehrt habe, dass seine Bilder als abstrakt beschrieben wurden oder gar als dekorativ, *das ist nicht abstrakt*, erzählte sie, habe Rothko über ein Bild gesagt, auf dem ein rotes Viereck mit braunem Rand zu sehen ist, *das ist eine rostige Wanne, die mit Blut gefüllt ist*, und ich erzählte meiner Mutter, während ich Chardonnay nachschenkte, wie Rothko sich umgebracht hatte, von einem letzten Arrangement, das nur auf schwarz-weißen Polizeifotos festgehalten ist: in seiner Küche, deren Boden aufgrund der Türschwellen ein flaches Becken bildete, schnitt sich Rothko in den Armbeugen die Adern auf, mit einer langen Klinge, die seine Knochen freilegte, und brach zusammen und starb und blutete aus, bis der Boden seiner Küche ein tiefrotes Farbfeld bildete.

Vor mir ragt die grell bestrahlte Kuppel des Capitols empor, die nachts, wenn man aus dem Schummerlicht des Capital Grille ins Freie tritt, auf die Pennsylvania Avenue, die den linken Arm des Kreuzes mit dessen Fundament verbindet, das Einzige ist, was man sehen kann, wie der von Kerzen erleuchtete Altar bei einer Mitternachtsmesse. Und während ich im Schnee beginne, das Gefühl in den Beinen zu verlieren, denke ich an die unzähligen Abende, die ich in diesem Lokal verbracht habe, in dem Senatspraktikantinnen aus den südlichen Bundesstaaten mit glänzenden Fingern große Hummerscheren in Angriff nehmen, an die zahllosen Festivitäten, die ich zu Studienzeiten dort ausgerichtet habe, an Geburtstagen, nach Prüfungen und einmal sogar nach einem Todesfall: mein damaliger Mitbewohner, ein Sohn des Diktators von Burundi, war mit seiner dänischen Freundin in seinem deutschen Sportwagen gegen einen Brückenpfeiler gefahren.

Ich erinnere mich an diesen Mitbewohner noch genau, er hieß Steve und war groß und sehr dünn und hatte einen hohen, zwar nicht gelben, sondern schwarzen, aber ansonsten an die Figur Bert aus der Sesamstraße erinnernden Kopf. Wir bewohnten das oberste Stockwerk eines im Botschaftsviertel gelegenen Apartmentgebäudes, Steve und ich und zwei attraktive Zwillingsschwestern aus Saudi-Arabien, bezüglich derer wir uns, insbesondere zu vorgerückter Stunde, nie sicher waren, ob es sich tatsächlich um zwei Mädchen handelte oder ob es an uns lag, ob wir nicht schon doppelt sahen. Aber auch tagsüber war es unmöglich zu sagen, mit welcher der beiden, die jungfräulich bleiben mussten, um nach der Heimkehr von den Brüdern nicht gesteinigt zu werden, alternativen Praktiken gegenüber jedoch sehr aufgeschlossen waren, man gerade locker liiert war.

Was Steve studierte, weiß ich nicht, auf dem Campus habe ich ihn nie gesehen, aber jeden Dienstag gab er in unserer Wohnung eine Cocktailparty, der ihr Ruf bald bis nach New York hinauf vorauseilte. Steve hielt sich eine siamesische Katze, die außergewöhnlich langes Haar hatte, was natürlich ihren Luftwiderstand erhöhte, eine Tatsache, die Steve zu einem perfiden Kunststück inspiriert hatte: mit der Katze auf dem Arm stand Steve

beim Cocktail auf der Terrasse, neben dem Außen-
kamin in der zehnten Etage, und begann, seine Gäste mit
Anekdoten aus der Dritten Welt zu erfreuen, um die
Katze dann ohne Vorwarnung und mitten im Satz über
das Geländer hinweg ins Leere zu feuern. Es war amü-
sant zu beobachten, wie Uneingeweihte vor Schreck er-
starrten und erst aufzuatmen wagten, als der Doorman
die Katze wieder ablieferte, die ihrer Flauschigkeit sei
Dank stets unversehrt blieb und die Steve, der ihr zum
Trost dann meist ein Matjesfilet verabreichte, kein biss-
chen böse zu sein schien.

Mein winziges Mobiltelefon, das ich nicht korrekt zu be-
dienen weiß, gibt einen schrillen Ton von sich, um mich
vom Eingang einer Nachricht in Kenntnis zu setzen, *Hi
Alex*, schreibt Amy, *just wanted to say thanks für listening to
me talk last night, and getting me so elegantly wasted again, as
ever, I'm leaving tomorrow, call me today?* O. K. Bye, und ich
freue mich irgendwie, obwohl ich für Amy nichts emp-
finde, und beschließe spontan, nach dem Spaziergang
mit dem Taxi nach Georgetown zurückzufahren, wo
sich Amys Wohnung in der Beletage des am Jesuiten-
friedhof gelegenen Doktorandenwohnheimes befindet.

Auf der Höhe des Museum of the American Indian, das der Auslöschung des Indianers durch den Amerikaner geweiht ist, kommt mir eine Gruppe japanischer Touristen entgegen, die sich, als ich sie durchschreite, teilt und wieder vereint, wie ein Schwarm von Sardinen, durch die ein Hai schwimmt. Aus dem Schneetreiben vor mir kommt ein Karussell zum Vorschein, das mit roten und grünen Lichterketten geschmückt ist und auf dem ein junger Mann in einem Schlitten sitzt, entgegen der Fahrtrichtung, und ohne Gesichtsausdruck auf das fröhliche Mädchen blickt, das hinter ihm auf einem Einhorn sitzt, sich albern an die Stange schmiegt, an der das Einhorn befestigt ist, sie mit beiden Händen umfasst, ihre Beine an die Stange presst, und mir wird bewusst, dass der junge Mann, der eindeutig arabischer Herkunft ist, mich an Ziad Jarrah erinnert, der im Cockpit der 767 saß, die in Pennsylvania abstürzte, ursprünglich jedoch das Capitol zum Ziel gehabt hatte: der Plan, wie er rekonstruiert wurde, sah vor, die Maschine über Pentagon, Potomac und den Tempel des Abraham Lincoln hinweg in die Kuppel hineinzusteuern, in den strahlenden Rachealtar, um auf diesem Wege sozusagen das Fundament des Kreuzes zu zerschlagen. Und wäre ihm nicht eine Handvoll Amerikaner in die Quere gekommen, die ihr Schicksal in die eigene Hand nehmen wollten, hätte Ziad, nachdem er am Horizont sein Ziel erblickt hätte, sich an der Rauchsäule orientierend, die über dem Pentagon aufstieg, nur noch dem Park folgen müssen, sich darauf konzentrieren, nicht die Spitze des Obeliskentotems zu touchieren, der aus dem Kreuze emporwächst, und schon wäre Ziad bei Allah gewesen.

PIA

Der Garten meines Elternhauses grenzte direkt an einen Wald, ich hatte eine Schwester und wir hatten einen Hund, und meine Schwester und ich gingen jeden Tag mit dem Hund im Wald spazieren, in dem Bäche murmelten, in denen Kaulquappen lebten. Das Mittelgebirge, in dem wir heranwuchsen, war im Sommer ein grünes Paradies, und an sonnigen Nachmittagen, nachdem wir Klavier und Violine geübt hatten, lagen wir wie kleine Diven unter Sonnenschirmen auf den Poolliegen. Wenn sich die Blätter bunt färbten, betrieben wir Gräberforschung, auf dem alten Friedhof, den wir im Wald entdeckt hatten, verfassten Listen mit Namen und Lebensdaten der Verstorbenen, um in diesen dann vergeblich nach auffälligen Mustern zu suchen. Im Winter fuhren wir fast täglich Schlitten und bauten im

Foyer unseres Elternhauses weitverzweigte Höhlen aus Schaumstoffkissen oder meterhohe Wolkenkratzer aus Holzbauklötzen, die unser Vater, wenn er abends aus dem Büro nach Hause kam, jedes Mal feierlich zum Einsturz bringen musste. Im Winter, wenn die Bäume kahl waren, konnten wir morgens auf dem Schulweg die roten Lichter auf den Gräbern der Verstorbenen leuchten sehen.

Unsere Eltern besaßen ein Sommerhaus an der französischen Atlantikküste, in der Nähe von Bordeaux und dennoch abgeschieden, auf der Kuppe einer Düne gelegen. Schon als Kind war mir klar, dass unser Vater, der Unmengen an Wein trank, diesen Ort weniger aufgrund der Strände, sondern aufgrund der Nähe der Pomerolweinberge gewählt hatte. Jedes Jahr im Juli, wenn es auf die Reise ging, kam der große Mercedes in die Einfahrt gefahren, und meine Schwester und ich setzten uns auf eine Bank im Garten, um unseren Vater bei der Beladung zu beobachten. Die hinteren Fußräume wurden mit Reisetaschen ausgefüllt, und auf diesen und der Rückbank wurden Decken ausgebreitet, sodass für uns Mädchen eine behagliche Liegefläche entstand. Wir hatten Pyjamas an, sogar eine Spieluhr hatten wir mit, wir fuhren abends los und die ganze Nacht hindurch, und als der

Morgen graute, als wir uns streckten, lag vor uns das Meer und Deutschland hinter uns in weiter Ferne.

Das ganze Jahr über war das Auto voller Sand, noch an Weihnachten spürten wir die Sandkörner in den Ritzen der beigen Ledersitze, und das Versprechen des nächsten Sommers schickte, während wir über die verschneiten Hügel hinweg auf die glitzernden Türme der Banken blickten, ein Lächeln der Zuversicht auf unsere Gesichter: es wird immer so weitergehen, dachten wir, im Winter fällt Schnee und alles wird festlich geschmückt und im Sommer steigt die Familie in den Mercedes und fährt die Nacht hindurch an die Atlantikküste.

Gelegentlich gab unsere Mutter Gartenfeste, mit denen sie die Absicht verfolgte, den arroganten Eindruck abzuschwächen, den unser Vater in seiner Branche hinterließ, da er keinerlei Interesse hatte, mit Kollegen oder Konkurrenten auch nur ansatzweise private Kontakte zu unterhalten. Bevor er die revolutionäre Arbitragestrategie entwickelte, die unserer Familie ihren unerschöpflichen Reichtum bescheren sollte, war unser Vater Vorstandsmitglied einer Frankfurter Bank und als solches in einem Maße zur Repräsentation verpflichtet, das ihm zutiefst zuwider war. Wenn man von uns drei Frauen absah, war er einfach nicht gerne mit Menschen zusammen, nicht in erster Linie aus Arroganz, obwohl sicher auch Arroganz im Spiel war, eher aus Desinteresse und seelischer Erschöpfung. An Wochenenden lag unser Vater meist Wein trinkend in seinem Arbeitszimmer, auf der Eiermannliege am offenen Fenster, und schoss mit dem Präzisionsgewehr, das er sich in Österreich bestellt hatte, auf die hässlichen Nebelkrähen, die über unserem Grundstück schwebten.

Was ich schon als Kind nicht verstehen konnte, war die Tatsache, dass unsere Mutter, die ihren Beruf früh aufgegeben hatte, ein Problem mit einigen der Frauen hatte, die ihr auf ihren Festen die Aufwartung machten, irgendwelche subalternen Gattinnen, für die eine untergeordnete Position in einer mittelmäßigen Anwaltskanzlei als Lebensinhalt herhalten musste. Ich konnte nicht verstehen, dass die Abwesenheit eines banalen Faktors wie der offiziellen Berufstätigkeit bei ihr eine Unsicherheit verursachte, da sie eine Tätigkeit dieser Art doch gar nicht nötig hatte: unsere Mutter, dachte ich mir, sitzt tagsüber nicht in einem Büro, sondern schreibt ein Tagebuch, aus dem sie ihren Töchtern gelegentlich vorliest, das derart märchenhaft ist, dass es den Wunsch, in einem Büro zu arbeiten, als völlig absurd erscheinen lässt.

Auf einem ihrer Gartenfeste lief mir ein Bube hinterher, ein verschlagen wirkender Bube im hellblauen Sommeranzug, und ich verschwand unauffällig hinter einer Birke, wo er mich aber gleich aufspürte, sodass ich mich erst hinter der Zapfanlage, dann hinter der Weintheke und dann hinter der Kochstelle versteckte, wo ich ausharrte und gebannt auf die über glühenden Holzscheiten garenden Langustenspieße starrte, aber jedes Mal kam der Bube mir mühelos auf die Schliche, sodass ich mich schließlich auf eine abseits gelegene Gartenbank setzte, um zu warten, gegen die Aufregung einen Schluck Weißwein zu trinken, und es dauerte nicht lange, und der Bube saß neben mir, er nahm seinen Mut zusammen. Alex nahm zum ersten Mal meine Hand.

ALEX

Wahrend der Taxifahrer leise in sein Funkgerät schnarrt, denke ich daran, wie ich Amy kennengelernt habe, auf einer Cocktailparty in der peruanischen Botschaft. Sie saß allein an der Bar, trank Bier und wirkte unter dem fragwürdigen Gelichter, das sich ringsum amüsierte, eindeutig deplatziert. Der Barmann setzte ein Steak Tartare vor ihr nieder, und ich wurde Zeuge, wie sie ihre Serviette gekonnt über ein formvollendetes Knie drapierte.

Ich brachte sie im Taxi nach Hause und wies den Fahrer an, die *monument route* zu nehmen, da ich darauf spekulierte, dass mich die hypnotischen Bilder, die sich auf dieser präsentieren, insbesondere nachts, wenn Schnee fällt und man Alkohol getrunken hat, geheimnisvoll und erhaben erscheinen lassen würden, und auf dem Rücksitz kamen wir uns näher und küssten uns vor der Kulisse der erleuchteten Götzenbilder. Ich brachte sie noch zur Tür, verabredete mich mit ihr für den nächsten Tag und holte sie gegen zehn Uhr abends ab, um sie ins Café Milano auszuführen. Wir bestellten Lobster und Linguine. Ich schoss mich auf den Weißwein ein. Amy führte perfekt gewickelte kleine Bissen zu ihren blassen Lippen.

Sie erzählte von ihrer Kindheit, die sie in der grünen Vorstadt verbracht hatte, in Greenwich, an der Goldküste des Long Island Sound. Sie erzählte von der bleiernen Stimmung, die auf Greenwich laste, einer Stille aus Trauer und Gefühllosigkeit, die jeden Bewohner des Ortes mit der Zeit in den Selbstmord treibe. Ihre Mutter habe Tabletten genommen, ihr Vater habe sich erschossen, sogar ihr kleiner Bruder habe sich umgebracht, erzählte sie, während sie abwesend mit einer öligen Hummerschale spielte, im Anwesen ihrer Familie, das im Wald an der Küstenstraße ihres bösen Heimatortes liege. Wie das Böse nach Greenwich gekommen sei, könne sie nicht sagen, sie vermute aber, dass es mit der Vergangenheit zu tun habe, dass sich an der Stelle, an der sich heute Greenwich befinde, vor tausend Jahren etwa die Opferstätte eines okkulten indianischen Kannibalenstammes befunden habe.

Wir kamen auf unsere Nachnamen zu sprechen, und als ich ihr meinen nannte, sagte sie: «Oh my God!», und ich erfuhr, dass ich im letzten Jahr offenbar mit Amys älterer Schwester Lucy geschlafen hatte. An eine Lucy konnte ich mich nicht erinnern und schwieg daher und erfuhr weiter, dass ich Lucy offenbar auf dem Campus aufgegabelt hatte, auf einer Grillparty, an der ich vorbeigeschlendert war, und sie dann gleich in mein, wie Lucy erzählt hatte, beinahe unmöbliertes Haus mitgenommen hatte. Lucy zufolge sei ich ungeheuer charmant gewesen, ich sei aufmerksam und interessiert und schon ein wenig pervers, aber überhaupt nicht egoistisch gewesen, um mich danach nie wieder bei ihr zu melden. Über dieses Verhalten habe sich Lucy empört, sagte Amy, sie sei enttäuscht gewesen, sie habe nicht verstehen können, wie man in einem anderen Menschen mit einer schönen Nacht Erwartungen wecken könne, ohne die geringste Absicht zu hegen, diese jemals zu erfüllen, die betreffende Person überhaupt jemals wiederzusehen.

Ich setzte mein Glas ab und fragte Amy, was diese zwei Tatsachen miteinander zu tun hätten, wo hier denn bitte der Konflikt sei, was daran auszusetzen sei, dass man Frauen im Allgemeinen möge und sich daher immer höflich verhalte, ganz egal, ob man nun vorhabe, die Beziehung nach der ersten Interaktion weiter zu vertiefen oder ruhen zu lassen. Ich fragte sie, ob es besser wäre, sich gegenüber allen Frauen, bei denen man sich unsicher ist, ob man sie wiedersehen möchte, wie ein Rohling zu verhalten, sie mit brutaler Ehrlichkeit zu traktieren, sie ärschlings zu bespringen und dann unsanft vor die Tür zu setzen, nur, damit die Verhältnisse klar sind, und sich im Anschluss eine Flasche Rum aufzumachen, tiefe Züge aus dieser zu nehmen, wie ein Orang-Utan grunzend im Garten umherzuspringen, Zierpflanzen auszureißen, sich mit den Fäusten auf die Brust zu trommeln, und Amy sagte: «It's O.K., Alex, it's O.K.» und aus Verlegenheit aß ich einen Keks, so einen italienischen Keks, den man in Vin Santo oder Cappuccino tunken soll, und Amy legte ihre Hand auf meine und mit sanfter Stimme sagte sie: «You can eat as many cookies as you like.»

PIA

Alex lebte in einem kugelsicheren Haus im Westend, wenige Straßen vom amerikanischen Konsulat entfernt. Im Jahr der Machtergreifung als Firmenrepräsentanz erbaut, war das Haus in einem desolaten Zustand gewesen, als es Alex' Vater erworben hatte. Alex' Mutter hatte es sogleich bis auf die Grundmauern entkernen lassen, um eine leere weiße Fläche für ihre Arbeit zu schaffen. Die Erfindung des Familiensitzes war ein fortlaufender Prozess, für den sie, wie mir bald klar wurde, ein Ende ausdrücklich nicht vorgesehen hatte: das Haus sollte die Illusion von Kontinuität bieten, dabei jedoch stets in einem fast unmerklichen Wandel begriffen sein. Die Kulissen des Familienlebens sollten strukturell weitgehend bestehen bleiben, aber die Oberflächen, Farben und Texturen sollten fortwährend einer sanften Evolution unterworfen sein.

So ergab es sich, dass man den Eindruck gewann, dass Alex' Mutter, die tagsüber konzentriert mit Polsterern konferierte, mit Statikern, Lichtkünstlern und global tätigen Stuckateuren, selbst einen Konzern führte, dass sie das Konglomerat, das ihrem Ehemann unterstand, abstrahiert, auf ein handliches Format reduziert und dann auf die Umsetzung ihres Vorhabens angewandt hatte, das auf sie eine besänftigende Wirkung zu haben schien. Der Konzern, den sie geschaffen hatte, griff keine Währungen an und stellte keine Waffensysteme her, er fusionierte keine Bergbaugesellschaften, sondern befasste sich mit der optimalen Fugenstruktur einer Bernsteindecke oder mit dem Steuersystem der gläsernen Speiseaufzüge, mittels derer die Küche, die sich im Gewölbekeller befand, mit den vier Ebenen des Wohntraktes verbunden war. Der Konzern gab die Konstruktion eines überdimensionalen Himmelbettes in Auftrag, dessen Rahmen vollständig mit stahlgrauer Rohseide überzogen war.

Die Küche war das Reich einer alten ukrainischen Dame, die aus Galizien kam und über die ukrainische hinaus daher auch mit der österreichischen Küche vertraut war, die mit der ukrainischen zahlreiche Übereinstimmungen aufweist, allen voran die Topfenpalatschinken, den

mit Walderdbeeren und süßem Quark gefüllten Pfann-
kuchen, der sich unter den Führungskräften im Haus
einer ungeheuren Beliebtheit erfreute: die Tapezierer
und Floristen, die Täfelungsschreiner und Sicherheits-
spezialisten, alle konnte man dabei beobachten, wie sie
an Tagen, an denen es Topfenpalatschinken gab, mit
diebischer Freude zu den Speiseaufzügen schlichen, um
ihren Topfenpalatschinken dann jeweils ein Glas Bur-
genländer Vogelbeere hinterherzukippen.

An klaren Herbsttagen saßen Alex und ich auf dem
Dach des Hauses auf einer hölzernen Bank, ich hatte einen Lammfellmantel und Alex immer nur einen dünnen
Pullover an, und wenn ich zu frieren begann, rannten
wir in den Weinkeller hinab, wo uns niemand vermu-
tete, wir hatten beide sehr früh entdeckt, wie sanft das
Leben mit Wein sein kann, unter der Festung saßen wir
in einem alten Ohrensessel, wir tranken Rotwein. Wir
küssten uns stundenlang. Wir waren zu zweit, und mir
war bewusst, dass ich dies immer gewollt hatte, ohne
mir darüber im Klaren zu sein, schon immer hatte ich
mich für etwas entscheiden wollen, und so früh schon
war ich am Ziel: ich hatte mich für Alex entschieden. Ich
erinnere mich an das Gefühl, dass Alex und ich in einer
Rettungskapsel lagen und entspannt zusahen, wie der

Rest der ganzen Kreuzfahrtgesellschaft dem Horizont entgegendampfte.

Alex und ich sprachen oft Englisch miteinander, da wir entdeckt hatten, dass wir beide die ersten Jahre unseres Lebens in Amerika verbracht hatten, mit unseren Eltern in New York, wo sich unsere Wege aber nicht gekreuzt harten. Alex' Eltern hatten an der Fifth Avenue gelebt, und meine hatten für die Jahre, in denen mein Vater bei Drexel Burnham tätig war, eine Wohnung am Gramercy Park gemietet. Wenn die vier sich in Kronberg zum Essen trafen, unterhielten sich unsere Mütter über ihre amerikanischen Bauvorhaben – meine Eltern hatten gerade das Areal in Mystic erworben, auf dem ich heute noch lebe, und Alex' Eltern ließen in Montauk ein Anwesen von Stanford White wieder herrichten – während unsere Väter über derivative Finanzinstrumente sprachen, von Joyce und Rilke abgesehen ihr absolutes Lieblingsthema.

Ich erinnere mich an eine Nacht, in der Alex und ich in der Winterluft wach lagen, unter dem Gebirge aus Daunendecken, und über das schneebedeckte Westend hinaussahen und Alex zu mir sagte, dass er seit früher Kindheit erwachsene Paare beobachtet habe, nicht seine

Eltern unbedingt, sondern Ehepaare aus deren Umfeld, bei denen man wusste, als Tatsache, wie er sagte, dass allein der Tod sie trennen würde, und er blickte mich ernsthaft an, und das Blut war aus seinem Gesicht gewichen, seine Augen waren blau und klar und ich wusste nicht, was sein Blick zu bedeuten hatte. Von Anfang an wollte Alex mit mir schlafen, bedrängte mich regelrecht, charmant zwar, aber bestimmt. «Wir sind doch erst zehn», gab ich zu bedenken und Alex sagte: «Wir haben keine Zeit zu verlieren.»

Ich erinnere mich an meinen elften Geburtstag, an dem mich Alex in den Frankfurter Hof ausführte, wo wir beim Franzosen den Chef einer New Yorker Bank antrafen, mit dem Alex und sein Vater im vergangenen Sommer vor Montauk angeln gewesen waren. Alex hatte einen zentnerschweren Thunfisch gefangen, was den Bankchef, obwohl er ja ein erwachsener Mann war, immer noch zu stören schien, da er selbst an diesem Tag nicht einmal einen Hering gefangen hatte, und er trat an unseren Tisch heran und schnarrte: «Hey Alex, when we gonna go fishin', my boy, ha? When we gonna go fishin'? Ha? *Ha?*» und Alex sagte nur: «It's January, pal» und die Augen des Greises funkelten böse und wirr.

Ich erinnere mich an den Zauber, der zwischen unseren Körpern lag, an den Schwindel, an den Rausch, wenn Alex meine Haut berührte, allein jedes Mal, wenn sein Blick auf mir zu ruhen kam, fühlte es sich an wie eiskalter Riesling an einem brütend heißen Sommertag. Ich hatte meinen Widerstand gegen seine Avancen schnell aufgegeben, mir war klar geworden, dass ich wirklich mit ihm schlafen *wollte*, es stand für mich ohnehin außer Frage, dass ich mein Leben mit ihm verbringen würde, denn was sollte uns schon trennen? Später, als wir begannen, abends in Bars zu gehen, behielt ich ihn zu jeder Zeit im Auge, aber das wäre nicht nötig gewesen: Alex hatte nur Augen für mich. Ich erinnere mich. Ich war glücklich. Alex liebte mich.

ALEX

Amy scheint guter Dinge zu sein, zieht mich in die Wohnung hinein und berichtet mir, dass sie einen Hund geschenkt bekommen habe, dass es im Zoo neue Seepferdchen gebe und dass sie nicht mehr wisse, ob sie gestern schon erzählt habe, dass sie letzte Woche mit Lucy auf einer Gala gewesen sei und auf dieser den Dalai Lama kennengelernt habe. Ob es nur Einbildung sei, könne sie nicht sagen, aber sie könne schwören, dass Seine Heiligkeit ihr einen lasziven Blick zugeworfen habe.

Amy schubst mich in einen Sessel, kniet sich vor mir hin und löst meinen Gürtel. Sie befreit meinen Schwanz. Leise stöhne ich. Langsam nähert Amy sich, und als ihr Kopf sich in meinem Schoß auf und ab zu bewegen beginnt, fällt mein Blick auf ein Foto, das ich zuvor noch nie bemerkt habe, auf dem Amy mit ihrem Vater zu sehen ist, und einem Mädchen, das ihr ähnlich sieht, Lucy wahrscheinlich, denke ich mir, die mir ja offenbar ebenfalls entgegengekommen ist, und die drei sehen verängstigt aus, verstört sogar, und mir fällt auf, dass hinter ihnen ein Sarg aufgebahrt ist, und ich werfe einen Blick hinab in Amys Gesicht: ihre Augen sind starr in mein mit Pflegespülung aromatisiertes Schamhaar gerichtet.

Und ich spüre die ersten Wogen an meine Lenden schwappen und ich frage mich, ob sich in Greenwich gerade wieder jemand die Schusswaffe an die Schläfe setzt und was den Menschen dazu treibt, seinem Leben ein Ende zu setzen, was die Mutter in die Apotheke, den Vater ins Waffengeschäft treibt, den kalten Stahl des Laufes tief in die Haut der Schläfe hinein, ob es das Gefühl, nicht adäquat, oder die Gewissheit ist, nicht glücklich zu sein, oder Angst oder Stolz oder Müdigkeit oder Verzweiflung, und all diese Gefühle kann ich nachvollziehen, glaube aber nicht, dass ich die Kraft aufbringen könnte, um mich selbst zu erschießen, ich würde eher noch abwarten, Wein trinken, aufs Meer hinausblicken, nur im Extremfall könnte ich mich erschießen, wenn mich etwa eine unheilbare Krankheit befallen hätte, die mit hoher Wahrscheinlichkeit ein entwürdigendes Ende für mich bedeutete, könnte es sein, dass ich die Kraft finden würde, mir mein Schicksal zu ersparen, mit der Kugel, wie ich mir sage, und kralle mich an den Lehnen des Sessels fest. Dann schließe ich meine Augen und schreie.

PIA

An Wochentagen, an denen ich bei Alex geschlafen hatte, setzte sein Vater uns morgens vor unserem altsprachlichen Gymnasium ab. Da unsere Schule auf dem Weg in seine Konzernzentrale lag, nahmen wir morgens kein Taxi, sondern wurden Teil einer ominösen Choreographie: nach einem wortkargen Familienfrühstück klingelte das Telefon, der Einsatzleiter gab grünes Licht, und wir traten hinter Alex' Vater in die Einfahrt hinaus.

Ich erinnere mich an die wachen Augen der Personenschützer, ernsthafter Männer von drahtiger Statur, und an die Maschinenpistolen, die sie unter den Sakkos mit sich führten. Einige von ihnen trugen Narben geheimer Konflikte, und sie alle trugen die Verantwortung für das Leben von Alex' Vater, der ebenfalls eine Waffe trug, zwei sogar, eine Glock mit neunzehn Schuss in einem Holster unter dem Jackett und einen Revolver am Fußgelenk, die er abends, wenn er von der Arbeit kam und sich mit einem Pils in die Bibliothek setzte, um die Tagesthemen zu schauen, vor sich auf den Glastisch legte.

Ich erinnere mich an die ruhigen Hände des Fahrers auf dem Lenkrad, an die kryptischen Funksignale, mittels derer er die Formation festlegte und fortwährend variierte, da sich das Zielfahrzeug, in dem wir ja saßen, äußerlich von den Begleitfahrzeugen allein durch die stärkeren Fensterrahmen unterschied, durch die aufgrund der Panzerung tiefere Straßenlage, und es Angreifern durch einen ständigen Wechsel der Reihenfolge erschwert werden konnte, das Zielfahrzeug zu identifizieren.

Alex schien diese Choreographie zu genießen, die harte, effiziente Infrastruktur, zu der er Zugang hatte, er genoss diese Vorgänge wie der Kronprinz, der er in ihrem Kontext war, aber ich konnte sehen, dass er Angst hatte. Und mit der Zeit sah ich mich von dieser Angst auf schleichende Weise infiziert, ich hatte mir noch nie vorgestellt, wie es wäre, einen wichtigen Menschen zu verlieren, und genau das tat ich jetzt, ich saß im Fond des gepanzerten Wagens und stellte mir entschlossen und bis ins letzte Detail hinein vor, wie es wäre, wenn Alex etwa eine unheilbare Krankheit hätte oder einen Unfall beim Skifahren, ich stellte mir vor, wie es wäre, wenn Alex von einer Strömung, die er unterschätzt hätte, auf das offene Meer hinausgetragen würde, und oft gelang mir eine derart eindringliche Vorstellung, dass ich vor Schreck zusammenzuckte. An diesen Tagen trafen mich die nackten Tatsachen wie ein Angriff, immer für einen Augenblick nur, aber zum ersten Mal war mir klar, was Alex und mich erwartete. Ich bekam eine Ahnung davon, was es bedeutet, sterben zu müssen, und wenn ich mir ein Leben ohne Alex vorstellte, traf mich mit voller Härte, dass ich ihn wirklich liebte, und ich lernte, dass die beste Methode ist, sich die Tiefe seiner Verbindung zu einem anderen Menschen zu vergegenwärtigen, entschlossen an den vorzeitigen Tod dieses Menschen zu denken.

ALEX

Das hat mir gutgetan, wispere ich vor mich hin, während
ich mich durch die Schneeflocken in Richtung der Residenz des Deutschen Botschafters fortbewege, wo ich
heute auf dem Winterfest eingeladen bin, und höre
neben mir einen Knall, dann ein Klirren und stelle fest,
dass am Stamm einer Birke, die ich gerade passiert habe,
ein Glas Quittengelee zerschellt ist. Anhand der Farbe
der Masse auf dem Stamm der Birke kann ich sogar
die Sorte erkennen, die es bei Dean & Deluca auf der
M Street zu kaufen gibt, und nehme erschrocken zur
Kenntnis, dass die Person, die das Wurfgeschoss abge-
feuert hat, nur äußerst knapp meinen Kopf verfehlt hat.
Ich suche die gegenüberliegende Straßenseite ab und
sehe ein braunhaariges Mädchen in einem Townhouse
verschwinden, das ich sofort erkenne, nicht das Townhouse, sondern das Mädchen (Katie? Lauren?), mit der
ich vor einiger Zeit eine kurze Interaktion gehabt habe
und die nun offenbar derart wütend auf mich ist, dass
sie mir eine schwere Kopfverletzung beibringen wollte.
Weil ich an dem Abend etwas falsch gemacht habe?
Weil ich mich danach nicht gemeldet habe? Deswegen
sollte ich jetzt *sterben*?

Ich erinnere mich an die Interaktion mit ihr noch ziemlich genau, als sie zu mir kam, hatte ich gerade einen mit Rosmarin gespickten Lammschlegel in den Ofen geschoben, ich stampfte Kartoffelpüree, sie sah mir beim Hantieren in der Küche zu. Sie kam näher und ich begann, sie zu küssen und bat sie, auf einem Hocker Platz zu nehmen, ich öffnete meine Hose und war erregt von ihrem verschüchterten Gesichtsausdruck und führte ihren Kopf sanft an meinen in primitiver Zuverlässigkeit bereitstehenden Schwanz heran. Sie öffnete ihre Lippen und nahm ihn entgegen, zaghaft begann sie, daran zu saugen, und sagte dann, sie fände es erniedrigend so und würde das lieber im Liegen machen, und ich sagte ihr, sie solle sich keine Sorgen machen, das sei nicht erniedrigend, und außerdem müsse ich ja ein Auge auf den Lammschlegel halten, und sie machte weiter und ich zog sie hinauf, wandte sie um, sie bückte sich und ich zog ihren Hintern zu mir heran.

Ich schob ihr das Seidenkleid über die Hüfte, das Höschen beiseite, griff in die getrüffelte Butter, mit der ich gerade das Püree abgeschmeckt hatte, lubrizierte mich und glitt dann behutsam in sie hinein, bis zur Hälfte nur, ich wollte es nicht übertreiben und verfiel in eine ruhige, rhythmische Bewegung, und als ich gekommen war, wollte sie gehen, und ich versuchte, ihr das auszureden, ich fragte sie, ob sie mir böse sei, ob sie nicht warten wolle, bis der Schlegel fertig sei, und sie sagte nein, sie wolle jetzt sofort gehen, ich solle ihr ein Taxi rufen. Sie werde vorne an der Straße warten.

In Anbetracht des Anschlages fühle ich mich aber irgendwie respektlos behandelt, ich meine: was soll das bitte? Warum sagt sie denn nichts zu mir?

Warum schreit sie mir keine Beleidigung hinterher? Warum feuert sie einfach wortlos ein Glas Quittengelee in meine Richtung, um im Anschluss in ihrem enervierend geschmackvoll sanierten Townhouse zu verschwinden? Was soll das? Was denkt sie sich dabei? Was denkt sie von *mir*? O.K., etwas sehr Negatives sicher, aber was *genau* denn bitte? Warum kann sie mir das nicht kurz mitteilen? Warum kann sie mir keinen Brief schreiben? So ein *Scheiß*, denke ich mir bitter und mache mich weiter auf meinen Weg durch den Bilderbuchwinter, so ein *Scheiß*, denke ich mir und ich brauche einen Drink und durchquere auf der Reservoir Road einen der Parks, von denen Washington durchzogen ist, bei denen es sich im strengen Sinn oft nicht um Parks, sondern um Wildnis handelt, um Abschnitte, die einfach unbehandelt geblieben sind, die so aussehen, wie alles hier vor tausend Jahren eben ausgesehen hat, und biege irgendwann ab, in der Hoffnung, dass es die richtige Straße ist, und finde mich kurz darauf im Foyer der Nacktbar wieder, die mir schon zu Studienzeiten immer wieder Zuflucht und Wärme gespendet hat.

Ein freundliches Mädchen huscht herbei, um mir den Mantel abzunehmen, und da mir nichts Besseres einfällt, drücke ich ihr hundert Dollar in die Hand, besorgt sagt sie: «Your shoes are all wet!» und zieht mich die Treppe hinauf in ein dunkles Salonzimmer, das wir ganz für uns allein haben. Es hängen Gewehre an der Wand und Bilder der Mädchen auf ihren Betriebsausflügen, vor dem Weißen Haus oder in Virginia Beach beim Krabbenessen, fettige Finger und lächelnde, leuchtende Gesichter. «Sit down», sagt sie und ich sage: «Sounds good» und nehme auf einem Sofa Platz, «I like your eyes», sagt sie, was nicht verwunderlich ist, da ich tatsächlich besondere, von meiner Mutter geerbte blaugraue Augen habe, «Show me your ass», sage ich und sie wirbelt herum, zieht ihr Nachthemd über den Kopf und streckt mir ihren schönen, weichen Popo entgegen.

PIA

Als wir sechzehn Jahre alt waren, saßen wir hinten in einem Lincoln Town Car, wir sahen hinaus auf den Atlantik, der sich am Rande des Old Montauk Highway rau und angriffslustig zeigte. Wir hatten morgens in Frankfurt in der Senator Lounge eine Flasche Wein getrunken, den ganzen Flug lang geschlafen und waren nun aufgedreht und voller Tatendrang. Dass wir es tatsächlich geschafft hatten, uns für sechs Wochen zu verabschieden, hatten wir in erster Linie Alex' Vater zu verdanken, den Alex bei einem schnellen Lunch im Frankfurter Hof davon überzeugen hatte können, unserem Vorhaben seinen Segen zu erteilen. Mit staatstragender Miene hatte er unseren Müttern versprochen, in Montauk werde gelegentlich nach dem Rechten gesehen.

Der Fahrer bog auf eine private Straße ab und wir rauschten durch einen Torbogen und einen Waldstreifen auf das hügelige Plateau der Heidelandschaft hinaus. Das Sommerhaus, das dann zum Vorschein kam, war ein amerikanisches im besten Sinne, hinter den Dünen auf einer Wiese gelegen und von ausladenden *porches* umgeben, über die Meereswind strömte. Im neunzehnten

Jahrhundert als Jagdhaus errichtet, besaß es dennoch eine große Bibliothek, die von einem mannshohen Kamin dominiert wurde, der aus blau schimmerndem Fels aus dem Steinbruch am Leuchtturm gehauen war. Die Rahmen und Sprossen der Fenster waren dunkelgrün gestrichen, und die *shingles* der Fassade waren nicht wie üblich rechteckig, sondern halbkreisförmig geschnitten. Über die Giebel ragten dünne Schornsteine aus roten Ziegeln empor, an der Spitze mit einer eleganten Manschette versehen, und die originalen Wandpaneele, die in allen Räumen erhalten waren, ließen fernöstliche Einflüsse erkennen.

Alex erzählte mir, dass der Bankchef, den ich einmal in Frankfurt erlebt hatte, sich nach seinem Rücktritt in das alte Haus von Andy Warhol zurückgezogen hatte, das ein paar hundert Meter die Küste hinab weit vorne auf einen Felsen gebaut war. Jeden Tag bei Sonnenuntergang konnte man den Alten in den Ausläufern der Brandung stehen sehen, mit einer langen Rute warf er einen Edelstahlköder weit über die Wellen hinaus, um die Leine dann schnell wieder auf die Spule zu ziehen und den Köder silbern schimmernd und für Fische sehr verlockend durch die kalten Fluten gleiten zu lassen. Allein aus Höflichkeit, sagte Alex, müsse er ab und zu mal mit ein paar

Bier zu ihm hinuntergehen, er habe das Gefühl, der Alte suche seine Nähe, und dann saß ich auf einer Düne, um die beiden zu beobachten, sie wechselten sich mit der Rute des Alten in schöner Harmonie ab, einer fischte, einer trank, und einmal fing Alex einen prachtvollen Bonito, aus purem Glück, wie er mir verriet, der Bonito habe nicht angebissen, aber auch nicht aufgepasst, und so habe sich der durch die Wellen rasende Haken tief in die Flanke des eleganten Fisches gerammt, den der Alte, der seinen Fischneid inzwischen besser unter Kontrolle hatte, dann blitzschnell in dicke Steaks verwandelte, mit *cajun spices* einrieb und auf den Grill warf, bevor ich die Chance hatte, aus der Beute eine große Schüssel Tatar zu hacken.

Zu unserer Linken lebte ein Freund von Alex, den er beim Tennis im Meadow Club kennengelernt hatte und der das Sommerhalbjahr immer allein hier draußen in Montauk verbrachte, das Winterhalbjahr auf seinem Bauernhof hoch über Gstaad. An beiden Orten hielt er sich eine Anzahl seltener, sehr flauschiger Ziegen, eine mongolische Hochlandart, die in seiner Abwesenheit ein nepalesischer Gurkha hütete, der zwischen den zwei Orten antizyklisch pendelte, und als ich den Freund fragte, wie er auf die Ziege gekommen sei, verriet er mir, dass er Charakter und Gemüt der Ziege schätze, ihren Gesichtsausdruck, die Ziege sei ein ihm sehr sympathisches Tier und er könne sich nichts Besseres vorstellen, als im warmen Licht vor seinem Haus auf der Salzwiese zu liegen, um ihn herum seine sanftmütigen, leise blökenden Ziegen.

Wir saßen beim Lunch in Bridgehampton vor dem Bobby Van's in der Sonne, knackten Hummerscheren und tranken wie verrückt den örtlichen Chardonnay, immerfort euphorischer werdend, und Alex erzählte mir, dass Truman Capote, der im nahen Sagaponack ein Cottage besaß, sich hier im Bobby Van's an der Main Street zu Tode gesoffen habe, seine Mutter habe ihm erzählt, dass man Capote in seinen letzten Jahren über Wochen hinweg fast jeden Tag im Bobby Van's habe sitzen sehen, wo er Salat aß und sich betrank, mittags mit Wein, abends mit Schnaps, zuerst noch in Begleitung und später dann, wie bei Alkoholikern immer irgendwann, ganz allein, und natürlich war Capote in diesem Sommer schon Jahre tot, aber dafür lümmelte sich Michael Douglas neben uns, für den Alex seit dem Film *Wall Street* eine kranke Faszination entwickelt hatte. Alex erzählte mir, dass der Anblick von Douglas und dessen erstaunliche Ähnlichkeit mit Gordon Gekko in Duktus und Gestus die Investmentbankerlaufbahn, die sein Vater ihm nahegelegt hatte, in Zusammenspiel mit dem Chardonnay als fast schon erträglich erscheinen ließ.

Am Abend schwebten wir im offenen Mercedes unter den Sternen entlang, durch die Pinienwälder zum Memory Motel, der heruntergekommenen Absteige in Montauk am Ortseingang, in deren Bar immer die *Love You Live* lief und einheimische Mädchen sehr starke Longdrinks servierten, von der Sonne geküsste Naturschönheiten, die mich verunsicherten, da Alex mit einigen von ihnen einen seltsam intimen Rapport zu haben schien. Aber ich wusste, in diesem Sommer eifersüchtig zu sein, war lächerlich, denn Alex und ich *lebten* miteinander, wir wachten und schliefen und tranken miteinander sehr teure weiße Burgunderweine, die wir aus dem Dünenkeller entwendeten, wir waren uns so nah, dass kein Zweifel mehr herrschte. Und ich liebte die Bar im Memory Motel, durch deren Fenster der Blick in den zur Straße hin offenen Innenhof ging, der wie alles dort oben ein wenig schöner als sonst wo war, da der Wind den feinen Atlantiksand in ihn hineinwehte.

ALEX

Vieles von dem, das man hinter sich lassen möchte, wenn man Deutschland verlässt, aber auch einiges von dem, das man vermisst, hat sich heute in der Residenz des Deutschen Botschafters unter die feisten Amerikaner gemischt. Aufgedrehte Journalisten, die sich an ihrer Deutungshoheit ergötzen, die sie vergessen lässt, dass sie nie in einem Haus am Meer leben werden, und betrunkene Investoren, deren Vermögen sie davon ablenkt, dass von einem kleinen Kreis von Kollegen abgesehen niemand weiß, dass es sie überhaupt gibt. Aus der Haft entlassene Terroristen, die beim Fernsehen arbeiten und immerfort ihre Beteiligung an ungeklärten Morden andeuten, um ihrer vom Teroldego geprägten Existenz unverdient einen verwegenen Anstrich zu geben, und junge Liberale, die einen stark riechenden Tee trinken und sich dabei gegenseitig sanft über den Rücken streicheln. Verbissene Kleinbürger, die gegen die Umverteilung wettern, da ihnen auch nichts geschenkt wurde, und windschiefe Adlige, die sich beim Cognac darüber amüsieren, wie sich die Kleinbürger, denen auch in Zukunft nichts geschenkt werden wird, in vorauseilendem Gehorsam über die angehobene Erbschaftssteuer echauffieren.

Der Botschafter steht im Foyer und macht die Honneurs, einem Amerikaner mit fast völlig fehlender Stirn berichtet er von seiner Zeit als Botschafter in Papua-Neuguinea, *a German colony!*, wie er heiter erklärt, die man am ehesten in dem Satz *meet people who eat people* zusammenfassen könne, *a good climate for cholera!*, kichert er, und das Einzige, das ihn in der Sumpfhitze dort am Leben erhalten habe, sei das eiskalte Schwimmbecken gewesen, das er hinter der Botschaft habe graben lassen, *freezing cold*, so der Botschafter, *Siemens, you know?* und darüber hinaus die vielen tausend Flaschen Henkell Trocken, die in der Tiefe des Beckens schlummerten, auf idealer Trinktemperatur, und von den Hausboys in schnellen Intervallen zutage gefördert wurden, *a sparklingwein from se Rheingau*, schnarrt er, denn damals, *an re irland of orchids, in re Bismarck Sea*, sei Henkell Trocken für ihn die Heimat gewesen.

Als ich mir gerade einen Weg zum Pilsstand bahne, nach der Nacktbar schon angenehm angeheitert, zieht mich eine attraktive Botschaftsangestellte beiseite, die ich vage aus Berlin kenne, wo sie Redakteurin war und ich sie gelegentlich aus der Paris Bar ins Savoy gelockt habe, sie drückt mir ein Bier in die Hand, wohl in der Annahme, mit dieser Maßnahme bei mir punkten zu kön-

nen, womit sie recht hat, und flüstert in mein Ohr, dass
sie ein literarisches Vorhaben mit mir besprechen wolle,
dass sie vorhabe, einen Roman über einen im Alter in
die Trunksucht abgleitenden, in Kalifornien lebenden
französischen Pornodarsteller zu schreiben, der seinem
beachtlichen Gemächt sei Dank zu bescheidenem Ruhm
gelangt ist und sich auf dem Set, um sich auf den Einsatz vorzubereiten, immer eine Magnum Rose hinter die
Binde kippt, ihr Roman werde COCK AU VIN heißen,
und sie möchte wissen, was ich davon halte, und ich sage
ihr, dass ihr da zweifellos eine hervorragende Idee gekommen sei, und erspähe über ihre Schulter hinweg den
Chef der Unternehmensberatung Meritage, nach der
Cuvée benannt, der für seine Firma den Slogan *me live in
a meritage* ersonnen hat, und ich schulde ihm noch Geld
und ducke mich daher durch einen Torbogen an den
Rieslingstand.

Die Schankkraft drückt mir ein Glas Kiedrich Gräfen-
berg in die Hand und ich sehe, dass ich hier dummer-
weise direkt neben einem indirekt beleuchteten deutschen Intellektuellen stehe, den ich irgendwoher kenne
und der heute, wie er mir ohne Begrüßung verrät, immer noch unter dem Eindruck der Berichterstattung
zum neunten Jahrestag des Elften September stehe, die

mediale Sonderstellung, die dem Ereignis beigemessen werde, bereite ihm Unbehagen, da er für diese keine Veranlassung sehe, da allein an diesem letzten Jahrestag der Anschläge, bei denen etwa dreitausend Menschen umkamen, mehr als hundertmal so viele Menschen in staubigen und schmutzigen Gebieten der Erde an Gewalt, Krankheit und Hunger starben, auf der Straße, in der Steppe, auf Militärbasen oder in Gefangenenlagern, für die es keine Gedenktage geben werde, keine Schweigeminuten, keine Sonderausgaben der Nachrichtenmagazine, und genau diese Diskrepanz sei für ihn das entscheidende Problem, da er sie als nicht gerechtfertigt sehe, insbesondere aus der Opferperspektive, denn wer könne wirklich sagen, ob es schlimmer ist, zu verbrennen als zu verhungern, zu ersticken als zu verdursten, in einer Explosion zu verpuffen als auf einer Krebsstation elendig zugrunde zu gehen, zerrissen als zerfressen zu werden, von einem Terroristen oder Geheimpolizisten oder Soldaten erschossen zu werden, man müsse die Fakten immer aus der Opferperspektive betrachten, und für einen Menschen, der in Botswana einer Infektion erliegt, schnarrt er, während ich im Minutentakt die Weingläser leere, sei das Leben nicht weniger bedeutsam als für einen Mitmenschen, der in New York von einem Terroristen ermordet wird, und so werde er den Opfern des Elften September erst dann gedenken, wenn es auch einen Gedenktag für die Abermillionen Hungertoten gebe, für die zivilen Opfer amerikanischer Militäreinsätze, für die vielen Tausend Mädchen, die von perversen Menschenhändlern jedes Jahr an global tätige Zuhälter verkauft werden, er werde für die Opfer des Elften September erst dann Mitgefühl empfinden, wenn es einen Gedenktag für die unzähligen Opfer von Krankheiten gebe, die mit ein paar Dollar für Antibiotika problemlos zu heilen gewesen wären, und das müsse man sich mal vor Augen führen, schnarrt er: um heute einem Mitmenschen das Leben zu retten, müsse man kein Held mehr sein, sich nicht mehr in Gefahr begeben, man müsse nicht mehr sein Leben aufs Spiel setzen oder das Leben seiner Familie, noch nicht einmal das Leben eines entfernten Verwandten, für den man insgeheim nichts übrig hat, um heute nachweislich ein spezifisches Menschenleben zu retten, müsse man sich nur schnell online informieren, eine moderate Überweisung tätigen und dann einmal weniger essen gehen, einfach einmal anstelle des japanischen Entrecôte ein Käsebrot essen, das durchaus mit im Felsenkeller gereiftem Gruyère belegt sein könne, und als er hektisch beginnt, an seinem Cordjackett herumzufisteln, da irgendwo darin sein Telefon klingelt, greife ich mir zwei

volle Gläser und trete unbemerkt hinaus in den Säulen-
gang.

Ich habe mich von der Menschheit entfernt, denke ich
mir, während ich den kalten Wein in mich hineinlaufen
lasse, ich habe Brücken verbrannt, mit morbider, perver-
ser Freude. Ich verkehre mit dem Licht des Mondes, mit
den kalten Winden, die durch mein Schlafzimmer wehen, den Tränen des Berges, und ich muss schon völlig
betrunken sein, wenn mir solche Formulierungen durch
den Kopf gehen, anders ist das nicht zu erklären.

Diagonal und lautlos fallen die Schneeflocken weiter
auf das Tuch aus Kälte hinab, das sich seit gestern Nacht
über die Stadt gelegt hat, sie bedeckt, unterkühlt und
besänftigt hat, in einen Schlummer gezogen. Auf die
Universität, auf mein Haus, auf den trägen Fluss, auf die
Gräber der Soldaten und Politiker, der Jesuiten, Huren,
Helden und Verbrecher, und ich spüle eine Valium mit
Riesling runter, schlüpfe in die Residenz hinein und
steige ins Obergeschoss hinauf, um mich in einem der
Gästezimmer schlafen zu legen.

In einer Nacht in diesem Sommer lag unten am Strand neben Holzrauch und Blütenduft auch der süßliche Geruch von Marihuana in der kühlen Meeresluft, und wir sahen Alex' Ziegenfreund mit dem Sohn von Ronnie Wood auf einem versunkenen Felsen sitzen, der mich an die Bunker des Atlantikwalls in der Aquitaine erinnerte. Sie erzählten von der Party, auf der sie gewesen waren, oben auf dem Anwesen des bärtigen Malers, und als wir dort angekommen waren, sahen wir in einem Dünental ein gewaltiges Feuer, ein Lagerfeuer aus grob zersägten Baumstämmen, dessen Rauchsäule sich nahezu senkrecht durch den windstillen Abend hinaufschlängelte. Es lagen Kettensägen im Sand, um das Feuer standen junge Frauen in weißen Cocktailkleidern, auf denen Campariflecken zu sehen waren, und auf einem Sessel von Josef Hoffmann, dessen Leder brüchig geworden war, saß der Hausherr und starrte in die Flammen. Er hatte Latexhandschuhe an und eine Schüssel auf dem Schoß, aus der er hummergroße Garnelen aß, die er tief in eine blassgrüne Soße tunkte (eine Koriandermayonnaise, wie Alex mutmaßte), und sein Morgenmantel war um die Hüften mit Blut getränkt, das noch nicht getrocknet

war, und ich stellte uns vor und der Hausherr schnarrte:
«I cut myself today, I cut myself surfing, I painted with
blood» und er hatte die Beine überschlagen, er ges-
tikulierte beim Sprechen mit einem elfenbeinfarbenen
Wildlederslipperchen.

Alex hatte einen Seersucker an, er sah sich ungeduldig
um, auf der Suche nach dem Ausschank, und der Hausherr schnarrte «Patience, young friend», und stand auf,
um einen Stapel hölzerner Surfbretter ins Feuer zu werfen. Während die Bretter in den Flammen zerbarsten,
kam er in unsere Richtung gelaufen, er griff an seine
blutigen Hüften, «This blood is like a warm front», ki-
cherte er und Alex sagte: «Listen, pal, you might wanna
have that dealt with before you croak an us out here»,
aber der Maler schien das überhört zu haben und schloss
uns in seine Arme, er legte seine Hände in unsere Nacken, kräftige und gepflegte, zudem blutige Hände, was
irgendwie unangebracht wirkte. «I have nowhere to go»,
flüsterte er. «I feel the air go through me.»

Über der ganzen Szenerie lag ein rhythmisches Plumps-
geräusch, das sich anhörte, als würden Steine ins Wasser
fallen, und aus der Richtung eines fensterlosen Beton-
quaders kam, zu dem eine Spur aus Fackeln führte. Als

wir uns ihm näherten, nachdem wir uns den Fängen des Hausherrn entwunden hatten, stellte sich heraus, dass es sich um ein hufeisenförmiges, zum Meer und Himmel hin offenes Malstudio handelte. Es hatte mindestens die Ausmaße eines Tennisplatzes und an seiner offenen Flanke eine schroffe Abrisskante, die fünf Meter über der Oberfläche eines Schwimmbeckens wie eine Klippe über das leuchtende Rechteck hinausragte.

Der Hausherr hatte gemalt an diesem Tag, an der hinteren Mauer war auf einer Plane eine nackte Figur zu sehen, die wie eine schwule Gottheit aussah und im Wüstensand mit geschlossenen Augen vor einem rostigen Pagodenmercedes kniete. Über der Plane war ein sehr großer Fisch an die Studiomauer genagelt, der schwarz und tot und erhaben aussah, ein *Chilean Sea Bass*, wie Alex sagte, ein schwarzer Seehecht, ein prachtvoller Raubfisch ohne natürliche Feinde, vor dem sich keine Makrele oder Qualle jemals wirklich sicher fühlen könne, und davor saß an einem Pult ein sorgsam gescheitelter Zwerg, der offenbar damit beauftragt worden war, Chardonnay auszuschenken. Vor ihm stand ein Mörser, in dem er Tabletten zu ascheähnlichem Pulver zerrieb, von dem er in jedes Glas eine Prise hineinzwirbelte, aus der Ferne waren die Ziegen zu hören, der Leuchtturm wirkte ganz nah, und die Gäste der degenerierten Vernissage, die kaum bekleidet und sehr betrunken waren, drückten sich erst an den Seitenmauern des Malstudios entlang, um sich dann in dessen Mitte, vor dem Bildnis der schwulen Gottheit, geordnet zu Paaren zusammenzufinden. Von dort aus liefen sie langsam rückwärts, um paarweise über die Abrisskante zu verschwinden, und ohne nachzudenken traten auch wir an den Zwerg heran, nahmen uns Gläser, tranken daraus und bewegten uns schweigend auf den Abgrund zu. Mit leisem Seufzen fielen wir durch das Mondlicht in eine einladende Stille hinab, und als wir unter Wasser ausatmeten, um uns rücklings auf den Grund des Beckens hinabsinken zu lassen, hielt Alex immer noch fest meine Hand.

Wenn wir alte Leute wären, beschlossen wir in diesem Sommer, würden wir die Städte hinter uns lassen und nur noch auf dem Land existieren, in der klaren Luft der bundesdeutschen Wälder, die mein Elternhaus umgaben, und hier draußen über dem feinen Atlantiksand, in diesem gelobten, sanft geschwungenen Dünenland, das, bevor der Amerikaner kam, jahrtausendelang die Heimat der sanftmütigen Montaukett-Indianer gewesen war. Mein Gedächtnis würde nachlassen, Alex würde mir von unserer Vergangenheit erzählen, von unserem

Leben zusammmen, und während er mir ein Fußbad ein-
ließe, würde ich ihm sorgsam seine weißen Haare käm-
men. Wenn wir alte Leute wären, würden wir immer
noch jeden Tag Liebe machen, auch im Greisenalter
würde ich Alex stets mit offenen Beinen empfangen,
und er versprach mir, einen Angorabock zu konstruieren, eine Art besonders weich überzogene Polsterbank,
über die er mich legen könnte, sodass er sich mir auch
in hohem Alter weiterhin gefahrlos von hinten nähern
könnte. Ich wollte nicht begraben werden, auch ins
Meer gestreut werden wollte ich nicht, wenn ich vor ihm
sterben würde, das musste mir Alex versprechen, würde
er meine Asche immer bei sich tragen.

Ein paar Mal in diesem Sommer mussten wir in die Stadt
hineinfahren, wo Alex' Eltern in der 73ten Straße ein
Townhouse gekauft hatten, ab und zu rief Alex' Mutter
an und bat uns, dort Handwerker zu beaufsichtigen.
Gegenüber lag Buckley, eine elitäre Bubengrundschule,
und ich erinnere mich daran, dass Alex, der die erste
Klasse in der rivalisierenden St. David's School besucht
hatte, auch Jahre später nicht davon Abstand nehmen
konnte, die alte Rivalin *Fuckley* zu nennen. Zu unserer
Rechten arbeitete die UN-Mission von Burundi, und
ein paar Schritte weiter begann der Park, in dem wir

oft frühmorgens auf einen der Hügel stiegen, um dort bis zum Mittag weiter zu schlafen. Dann ging Alex zum Hot-Dog-Inder, um Frühstück zu holen, buttrige Egg & Cheese-Bagels, und wir lagen auf unserer Decke und blickten auf das Plaza in der Ferne, das ehemals beste Hotel der Stadt, das mittlerweile in schlecht geschnittene Eigentumswohnungen verwandelt worden ist, in denen Proleten wohnen, Araber und Russen. Abends drehten wir die typische Woody-Allen-Runde, teilten uns ein Steak im Melon, tranken Wein im La Goulue oder Elaine's und sprangen irgendwann nachts in ein Taxi, um ins East Village zu fahren, wo einem damals auf der Straße wirklich noch katzengroße Ratten entgegengaloppiert kamen, wo einem Schattenrisse aus den Hauseingängen *Smoke? Coke?* hinterherzischten und wo Alex, wie und wann genau, blieb mir verborgen, eine gute Bar ausfindig gemacht hatte.

Die Bar lag in der Avenue Z und durch ihre Fenster bot sich ein beispielloses Elendspanorama, es sah aus wie in der Hölle, ausgebrannte Häuser, aus deren Fenstern Crackküchen dampften, in deren Keller Männer hinabstiegen, die wie Tina Turner aussahen, und über deren Mauern wie Schleier riesige Schwärme aus Kakerlaken hinwegströmten. Die Bar hieß Babyland und war ein-

gerichtet wie ein Kindergarten, mit Puppen und Stoff-
tieren und Fingerfarben und Kindermöbeln und Krei-
detafeln und dem Krümelmonster als Türsteher, und
viele der Gäste trugen Schlafanzüge, richtige Strampel-
anzüge mit Füßchen dran, sie hatten Schnuller im Mund
und Geld in der Hand und Alex und ich tranken bunte
Cocktails mit Sonnenschirmen darin, wir waren jung,
wir hatten keine Verpflichtungen.

ALEX

Als ich zu mir komme, sehe ich ein bärtiges Gesicht,
einen Turban, darunter ein türkises Gewand. Es handelt
sich um einen Taxifahrer, folgere ich; aufgebracht gei-
fert er zu mir nach hinten. Ich setze einen bösartigen, ja,
brutalen Blick auf, und er verstummt abrupt. Ich drücke
ihm hundert Dollar in die Hand. Ich steige aus.

Es ist finster draußen. Die Luft ist vom Donner der
Triebwerke startender Flugzeuge erfüllt. In den Fenstern des Tower spiegelt sich das Licht der Bildschirme,
über denen die Fluglotsen kauern. Trotz der Kälte atme
ich tief ein, ich habe Zusammenbruchsgefühle. Die
Neonröhren, die unter dem Vordach montiert sind,

werfen vor die gläserne Front des Terminals einen Streifen aus Klarheit. Dieser Streifen, beobachte ich, wird von Menschen durcheilt, auf dem Weg in die Maschinen, folgere ich, und in den Maschinen zur Arbeit.

Nachdem ich die Drehtür passiert habe, taumele ich durch die hohe Halle. *Was mache ich hier?*, frage ich mich. Ich habe Schwierigkeiten, mein Gleichgewicht zu halten. In einen Automaten der Delta Shuttle führe ich eine Kreditkarte ein. Ich habe nicht gebucht, aber Glück, und der Automat findet auf dem nächsten Flug nach New York hinauf für mich noch einen Platz. Wäre dem nicht so gewesen, hätte ich auf den übernächsten Flug gewartet. Ich hätte Kaffee getrunken und Zeitung gelesen, es wäre nicht schlimm gewesen: die Maschinen der Delta Shuttle verkehren zwischen Washington und New York im Stundentakt.

Zweifellos ist Delta Shuttle die angenehmste Art, von Washington nach New York zu reisen, andererseits die einzige in der westlichen Welt operierende Airline, deren Flottenstrategie allein auf der bereits seit Jahrzehnten nicht mehr produzierten Boeing 727 basiert, die von Delta abgesehen mittlerweile hauptsächlich von afrikanischen Buschfrachtfluglinien beansprucht wird.

Das Festhalten an derart altertümlichem Fluggerät erscheint umso erstaunlicher, wenn man das illustre Publikum in Betracht zieht, das den ganzen Tag lang per Shuttle zwischen Washington und New York hin- und herzufliegen pflegt, eine zwielichtige Mischung aus Lobbyisten, Senatoren und versoffenen Hauptstadtjournalisten, denen die Hotelbar ins Gesicht geschrieben steht. Sie alle schätzen den großzügigen Sitzabstand, die freie Platzwahl, die Innenstadtnähe der Zielflughäfen und nicht zuletzt den speziellen Service, der von Delta Shuttle geboten wird: wenn nur ein einziger gebuchter Fluggast eine der stets auf die Minute pünktlich auf das Rollfeld zurückstoßenden Maschinen verpasst, wird innerhalb kürzester Zeit ein außerplanmäßiger Sonderflug startklar gemacht, auf dem sich der einsame Fluggast dann wie einer der afrikanischen Diktatoren fühlen kann, die bei der Wahl ihrer Privatmaschinen, wie ich irgendwo gelesen habe, schon seit Ende der sechziger Jahre eine ausgesprochene Vorliebe für die Boeing 727 haben.

Ich bin schon länger nicht mehr Shuttle geflogen und habe das Gerücht gehört, die gesamte Flotte sei erneuert worden, die schnittigen Dreistrahler der Betriebskosten halber durch schnöde Zweistrahler ersetzt, und als ich das Gate erreiche, stelle ich fest, dass auf dem Asphalt hinter der gläsernen Wand tatsächlich eine nagelneue 737 geparkt worden ist. Bei dem Anblick erstarre ich, wirklich vor Schock, mein Mund hängt offen, wie mir dann irgendwann bewusst wird, und ich reiße mich zusammen. Ich lasse mich auf eine Sitzbank sinken. Neben mir sitzt eine fettleibige Frau, die lautstark ein dreilagiges Sandwich verschlingt. Ich frage mich, was aus den treu gedienten alten Maschinen geworden ist, die mich über die Jahre hinweg so zuverlässig nach Hause getragen haben, auf leeren Abendflügen nach New York hinauf, wohin meine Mutter sich zurückgezogen hatte, nachdem ihre Ehe mit meinem Vater endgültig zerbrochen war. Ich frage mich, was aus der 727 geworden ist, die mich in grauer Vorzeit, vor genau einem Jahrzehnt, glaube ich, zum letzten Weihnachtsfest geflogen hatte, an dem meine Mutter noch am Leben war. Bei Djibouti Aviation durch Zuschweißen der Fenster notdürftig zum Frachter umgerüstet, so befürchte ich, wartet sie heute Morgen am Flughafen von Freetown in Sierra Leone auf Nzanga, ihren Piloten. Nzanga ist müde heute, wie an jedem Tag, von einer weiteren langen Nacht auf dem Sitz seiner Taxe erschöpft. Es sind kaum noch ausländische Gäste im Land, in den meisten Nächten ist sein einziger Kunde ein verkommener deutscher Korrespondent, der zwischen seiner Suite im Hilton und der Pussy Willow pendelt, einer ehemaligen Diplomatenkneipe, deren unerschöpflicher Vorrat an Calvados alle, die es sich noch leisten können, liebevoll in den Arm nimmt. Als Nzanga durch ein Bombenloch in der Mauer auf das Rollfeld hinaustritt, vernimmt er aus der Ferne Maschinengewehrsalven, dankbar, da diese in ihm gerade genug Adrenalin wecken, um die bleierne Erschöpfung in Schach zu halten. Der Flug nach Entebbe ist lang, und von Nbudu, weiß Nzanga, seinem Copiloten, ist wenig zu erwarten. Nbudu hat nur für Propellermaschinen eine Zulassung, was in Sierra Leone, wo irgendjemand vor Jahren schon den Luft- fahrtminister mit einem Krummsäbel erlegt hat, nie- manden stört. Was er geladen hat, weiß er nicht, wohl aber, dass die Maschine bei den letzten Starts überladen war, schlecht ausbalanciert, und Geräusche von sich gab, die ihm Angst machten. Dem Besitzer, weiß Nzanga, kann man nicht über den Weg trauen, einem Muzungu aus Uganda, die Art Muzungu, denkt sich Nzanga, der gerne bei der Wartung spart, der lieber eine Palette mehr als eine Palette weniger einladen lässt, aber jetzt, als Nzanga sich im Cockpit in seinen Sessel fallen lässt, freut er sich auf das Morgengrauen, auf den Himmel, in den er gleich hinauffliegen wird: auf das helle, makellose

Blau. Nbudu neben ihm schnarcht. Nzanga überprüft die Systeme und lässt die Triebwerke an. Als er auf der Startbahn beschleunigt, funktioniert alles nach Plan, als er in den Steigflug eintritt, spürt er eine Vibration, die er nicht einordnen kann, er hört ein metallisches Kreischen und sieht das Gesicht seiner Ehefrau vor sich, das Lächeln, mit dem sie ihn vor einer Stunde verabschiedet hat, und jetzt, während die amerikanische Stimme aus dem Lautsprecher sticht: «Ladies and gentlemen, we are now boarding Delta Shuttle Flight 1762 to New York's LaGuardia airport through Gate 9», schließt Nzanga die Augen.

Wir steigen ein, heben ab und der Kapitän verkündet, die Flugzeit nach New York werde eine halbe Stunde betragen. Eine Stewardess beginnt mit dem Getränkeservice. Sie ist hübsch, und ich beobachte sie unauffällig. Das Wetter ist stürmisch, das Flugzeug schlingert und die Gläser und Flaschen auf ihrem Wägelchen klirren. Die Stewardess gibt einen Seufzer von sich. Mir wird bewusst, dass ich sie anstarre, und ich senke abrupt meinen Blick. Ich begutachte die Schlagzeile der *New York Times*, die auf meinen Knien liegt. Ich höre die Stewardess langsam näher kommen, und als ich aufblicke, lächelt sie sehr freundlich. «What can I get you?», fragt sie mich, «A Sierra Nevada, please», antworte ich, ein kräftiges Dunkelbier, das in Kalifornien gebraut wird, und trotz der frühen Stunde setzt sie mein Bier vor mir ohne tadelnden Blick auf einer Delta-Shuttle-Serviette nieder. Ich bedanke mich und warte scheinheilig, bis sie weitergezogen ist. Dann lege ich meinen Kopf in den Nacken, um den Inhalt meiner frostigen Dunkelbierflasche in mich hineinlaufen zu lassen.

Das Flugzeug wird von schweren Turbulenzen erschüttert, was allerdings nur mich zu beunruhigen scheint: die übrigen Passagiere blicken seelenruhig weiter in ihre Bildschirme. Einige von ihnen sprechen leise in die Hörer der in die Armlehnen integrierten Kreditkartentelefone. Ich schlage die *Times* auf und versuche, mich zu vertiefen, merke aber schnell: ich kann mich nicht konzentrieren. Die Lautstärke der Triebwerke scheint mir heute weit über dem Normbereich zu liegen.

Ich ziehe meinen Sitzgurt straff. Ich schaue zum Fenster hinaus. Die Scheinwerfer in den Flügelkanten erleuchten die Wolken wie einen Lampenschirm, sodass wir uns in einem Kreis aus gedämpftem Licht fortbewegen. An klaren Tagen bietet sich den Passagieren der Shuttle eine atemberaubende Aussicht, die Anflugschneise führt die Maschine über ganz Manhattan hinweg, was insbesondere abends eine schöne Einstimmung auf die einen in der Stadt meist erwartenden Feierlichkeiten ist, aber für heute und die nächsten Tage, lese ich jetzt, haben Meteorologen für die Ostküste Winterstürme vorausgesagt. Das Flugzeug stürzt in ein Luftloch und die Stimme des Kapitäns ist zu hören, er bedaure, uns davon in Kenntnis setzen zu müssen, dass wir aufgrund der Sichtverhältnisse nicht wie geplant in LaGuardia landen könnten, auf dem stadtnahen Inlandflughafen, da LaGuardia nicht über die Ausrüstung für Landungen im Blindflug verfüge. Die Flugsicherung, so der Kapitän, habe uns soeben zur Landung auf dem internationalen Kennedy-Flughafen freigegeben.

Als er kurz darauf das Fahrgestell ausfährt, ist vor den Fenstern ein Wirbel aus Milliarden Schneeflocken zu sehen. Ich muss an meine Mutter denken. Gegen Ende meiner Studienzeit war meine Mutter bereits krank, und ich flog unentwegt nach New York hinauf, um sie zu besuchen. Ich rief immer vorher an, um mich anzumelden, und sie zu bitten, für mich nichts zu kochen, da ich später am Abend noch zum Essen verabredet sei. In der Wohnung schlug mir dann unweigerlich ein betörendes Aroma entgegen, als dessen Hauptkomponente ich im Normalfall einen gegrillten Grouper ausmachen konnte, eine Art Zackenbarsch, ein mit Stacheln in den Flossen ausgestatteter Fisch, der in gemäßigten Meeren in Küstennähe vorkommt, dessen Duft von Zitrone begleitet wurde, von diversen Kräutern und dem Pernod, mit dem er abgelöscht worden war. Gelegentlich war es auch eine japanische Rinderrippe, deren Duft mir entgegenkam, eine provenzalische Bouillabaisse, aber in den meisten Fällen war es der Grouper, warum ausgerechnet dieser Fisch, kann ich nicht sagen, jedenfalls schien es der Grouper meiner Mutter damals wirklich angetan zu haben. Sie kam ins Foyer gehuscht, um mich zu begrüßen, ich schloss sie in meine Arme, ich wollte mich nicht aufregen, das mit dem Festmahl war ich ja gewohnt, ich sagte wie immer freundlich: diesmal nicht, Mama, es ist schön, dass dir der Grouper offenbar so gut gelungen ist, aber ich habe überhaupt keinen Hunger und freue mich schon den ganzen Tag lang auf das Steak und die Austern im Balthazar. Wie du möchtest, kleiner Bursche, sagte meine Mutter, aber ich habe gerade Appetit und muss früh ins Bett, vielleicht kannst du mir ja Gesellschaft leisten, bevor du deine Freunde triffst? Auf dem Esstisch entdeckte ich dann meinen Lieblingssancerre (damals konnte ich Sauvignon Blanc noch trinken, heute erlaubt mir das mein Magen nicht mehr) und trank ein Glas und ein zweites, erzählte von meiner Woche und begann, mir kleine Bissen Grouper von der Servierplatte zu angeln. Nimm dir doch ein Stück auf deinen Teller, sagte meine Mutter, versöhnlich lächelnd, nur als kleine Stärkung, du musst doch Hunger haben nach deinem langen Tag. Ich murrte ein wenig, kam mir dabei lächerlich vor und nahm mir ein Stück Fisch, trank weiter Sancerre und sah meinen für nach Mitternacht geplanten Verzehr eines Steak au Poivre im Balthazar immer unrealistischer werden. Als ich später dann, meist gegen zehn, aus der Wohnung trat, war das Letzte, das ich von meiner Mutter sah, ihre zierliche Figur, die an ihrem Sekretär konzentriert über ihre Schriften ge-beugt war.

Vor dem Terminal stelle ich mich in die Taxischlange. Ich erfreue mich an den Schneeflocken, die in mein Gesicht wehen. Die Menschen um mich herum telefo-nieren, laufen unruhig auf und ab, in jede Richtung nur wenige Schritte, um ihren Platz in der Schlange nicht zu verlieren. Der Wechsel des Flughafens hat ihre Planung durcheinandergebracht. Möglicherweise, denke ich mir, werden sie darüber hinaus von Selbstzweifeln geplagt: in Anbetracht der Wetterlage, tadeln sie sich, hätten sie für diese Eventualität Sorge tragen müssen. Der Nebel scheint lichter, das Schneetreiben immer dichter zu werden. Der Wind treibt die schweren Flocken waagerecht durch die Lichtkegel der Straßenlaternen.

Während der Taxifahrer sich mühelos durch das Labyrinth aus Unterführungen, Baustellen und irreführenden Umleitungen schlängelt, das ein Verlassen des Kennedy-Flughafens für den Laien unmöglich macht, schaue ich zum Fenster hinaus, um mich langsam wieder an die verzerrten Maßstäbe zu gewöhnen, aus denen New York sich zusammensetzt, angefangen mit dem Flughafen selbst: noch viele Minuten nach der Abfahrt sieht man vor den Fenstern die Lagerhallen und Rollfelder vorbeiziehen, bis man fernab der modernen Glasbauten zu den Stützpunkten der eher fragwürdigen Flugdienste gelangt, mit Namen wie Africargo oder Transpolar, wo moribunde Frachtjumbos der ersten Baureihe nur wenige Meter von der Straße entfernt hinter Stacheldraht auf ihren Einsatz warten. Mit etwas Glück kann man im Vorbeifahren einen Blick auf die weißhaarigen Flugkapitäne erhaschen, die hier Jahre nach der Pensionierung noch für halben Lohn schuften müssen, da sich die Spiel- und Trinkschulden nicht mehr ignorieren lassen, wie sie ihre Körper über die Fahrtreppen in das altersschwache Fluggerät schleppen, um die Beladung zu überwachen und, nach einem kräftigen Schluck aus dem Flachmann, noch eine Runde zu schlafen. Die Maschinen der Transpolar starten nämlich sicher nur nachts, wenn die Startrechte am billigsten sind. Mit heulenden Triebwerken quälen sie sich kurz vor Sonnenaufgang in einen prekären Steigflug und legen einen Teppich aus Gift über die Satellitenstädte hinter der Startbahn, bevor sie im Dunst über dem Meer verschwinden.

Vor Kurzem habe ich irgendwo gelesen, dass eine 747 der Transpolar im Reiseflug über Island ein Triebwerk verloren hatte und dieses auf die Scheune des Hofes eines der aufgrund des vulkanischen Bodens dort seltenen Schafhirten gestürzt war. Beim Gedanken an die Indifferenz, mit welcher der Kapitän in seinem Bariton dem Tower in Keflavik zugefunkt hatte, dass sich Triebwerk Vier gerade verabschiedet hatte und sich somit über dem Inselstaat im Sinkflug befand, bevor er unbeirrt weiter zur Basis der Transpolar nach Neufundland flog, muss ich lachen, ich kann das gut nachvollziehen, und obwohl es nicht wahrscheinlich ist, dass im Kopf des Taxifahrers unter dem Turban in den letzten Sekunden ein ähnlicher Gedankengang abgelaufen ist, beginnt auch er zu lachen, derangiert zu kichern eher, und dabei gibt er kräftig Gas.

Wir lassen Kennedy hinter uns und kommen auf die Landstraße, denn Autobahn kann man das ja nicht nennen, aber Landstraße ist natürlich ebenfalls ein Fehlgriff, aufgrund der Idylle, die das Wort suggeriert, es handelt sich um eine achtspurige Asphaltschneise, die sich fortwährend teilt, um sich kurz darauf wieder zu vereinen. Armenhäuser aus rotem Backstein rauschen vorbei, die Ruinen der Weltausstellung, viele Moscheen und der Jachthafen an der giftigen Lagune, an deren Ufer sich die Startbahn von LaGuardia auf einem Betonsteg weit über das schwarze Wasser hinausstreckt. Durch die Asphaltschneise vom Ufer getrennt, stehen auf Höhe des Jachthafens alte Villen mit weitläufigen Terrassen zur Wasserseite, unpassende Erscheinungen an diesem objektiv nicht bewohnbaren Abschnitt der Welt. Zu Beginn des letzten Jahrhunderts hatten sich hier die Adjutanten der ersten Räuberbarone eingerichtet, die sich keine Schlösser weiter nördlich leisten konnten wie ihre Herren, hier aber sehr gut lebten, umgeben von Wasservögeln und Silberfellfüchsen, lange bevor es die Startbahn gab, den Jachthafen oder die achtspurige Straße. Jeden Morgen liefen sie auf Holzstegen von ihren Terrassen über Schilfwiesen und den feinsandigen Strand der Bucht hinaus zu ihren von Flugzeugmotoren angetriebenen Schnellbooten, die sie in weniger als zwanzig Minuten zu ihren Wirkungsstätten am Südzipfel von Manhattan trugen. Die Villen sind noch bewohnt, aber im Zerfall befindlich, ihre Fenster sind von Ruß verkrustet. Die größte unter ihnen, ein Palais aus ergrautem Holz, wirkt in ihrer verletzten Eleganz auf mich jedes Mal mysteriös, als hätte sich dort der letzte überlebende Ureinwohner verschanzt, ein steinalter, disziplinierter Mann, der Alter und Krankheit trotzt, um sich jeden Morgen auf seiner Terrasse über der Blechlawine der Pendler in das *Wall Street Journal* zu vertiefen.

Wir rasen die Zufahrtsrampe der Triboro Bridge hinauf. Aus dem Schneetreiben kommen vor uns die Lichterketten der Brückenträger zum Vorschein.

Am Ufer der Insel reihen sich die Türme aneinander wie ein Bollwerk, eine Befestigungsanlage aus Stahl und Stein, aus Krankenhäusern, Kraftwerken und Bankhochhäusern und auch nach Hunderten Anfahrten auf die Stadt hat dieses Panorama seine Wirkung auf mich nicht verloren, und meinem Taxifahrer scheint es ähnlich zu gehen: wie verzaubert starrt er durch das linke Seitenfenster, was mich in Anbetracht unserer Geschwindigkeit doch bedenklich stimmt, aber bevor ich ihn bitten kann, langsamer zu fahren, sind wir auch

schon auf der Abfahrtsrampe, wo vor uns die Zellen-
blöcke der städtischen Irrenanstalt emporragen. Die Bewohner ihres südlichen Flügels, so könnte man meinen,
die denselben Ausblick genießen wie die Ankömmlinge
auf der Brücke, können sich an diesem aufrichten, Hoffnung aus diesem schöpfen, aber weit gefehlt: es handelt
sich um die geschlossene Abteilung.

PIA

Zwei harte Kugeln, größer als Fäuste, die aus den Innen-
seiten meiner Oberschenkel hervorragen und bei jeder
Berührung vor Schmerzen glühen, tiefrote Feuerwerke
in mein Blickfeld schießen: ich habe einen Feind in mir,
ein böses, blindwütiges Tier, das sich zum Ziel gesetzt
hat, mich von innen heraus aufzufressen, mich erst häss-
lich zu machen, mir die Ruhe zum Denken zu stehlen
und mich dann langsam zu töten, nein: mich schnell zu
töten, wie ich mich entsetzt korrigiere, und ich habe
niemanden, den ich jetzt noch um Hilfe bitten kann,
niemand ist mein Anwalt, niemand ist empört über
meinen Fall. Schmerztabletten, sage ich mir, nimm deine
Schmerztabletten, und ich laufe zu meinem Schreibtisch
und öffne die Schublade und finde das Röhrchen und

schüttele mir zwei Morphintabletten in die Hand und werfe sie gleichzeitig ein und spüle ihnen Tee hinterher und lasse mich unvorsichtig in meinen Sessel fallen und ich schreie, krächze, spüre Galle aufsteigen, ich krümme mich vor Schmerzen. Das kann doch nicht wahr sein, das *gibt* es doch gar nicht, wer bitte, gibt es irgendwen, der *das* verdient hat? Ich will nicht weinen, aber meine Augen sind voller Tränen, ich möchte mich umarmen, aber ich schaffe es nicht, die Kugeln unter meinen Achseln tun so weh. Ich muss mich beruhigen, sage ich mir, ich muss atmen. Ich muss atmen. Ich muss auf die Wirkung der Morphintabletten warten.

Zwei harte Kugeln, groß wie Kastanien, die an beiden Seiten meines Halses unter dem Kiefer hervorragen, haben dazu geführt, dass ich meinen Kopf, ohne den glühenden Schmerz zu riskieren, nicht mehr aus der Mittellage bewegen kann. Der Bürosessel, auf dem ich sitze, ist allerdings drehbar gelagert, sodass ich, wenn ich mich mit den Füßen abstoße, was aufgrund der Kugeln in meinen Oberschenkeln mit Vorsicht geschehen muss, meinen Blick immer noch über den ganzen sichtbaren Abschnitt der fernen Küste von Long Island gleiten lassen kann. Ich lebe noch, und ich frage mich, wo Alex ist, jetzt, in diesem Moment. Das Jahr geht zu Ende, und deshalb ist Alex, folgere ich, sicher in seinem Haus in Montauk. Er ist allein geblieben, ich spüre das irgendwie, er hat nicht geheiratet, er lebt allein, er ist durch das Schneetreiben nach Montauk hinausgefahren, hat den Weinkeller gefüllt, sein Bett in die Bibliothek gestellt, zwischen Bücher- und Fensterwand liegt er dort und liest und schläft und trinkt und hat alle Telefone abgestellt, und es wäre doch zu schaffen, sage ich mir, es wäre zu schaffen, ich könnte die Anabolika nehmen, ich könnte mir einen Pelzmantel anziehen, ich könnte mich für ein paar Stunden stark fühlen. Ich könnte in meinen Mercedes steigen, ihn in New London auf die Fähre hinaufsteuern, eine Stunde später schon könnte ich bei Alex vor der Haustür stehen. Würde er mich erkennen? Würde er sich erinnern? Würde er mich in seine Arme schließen? Würde er mir Zuflucht bieten, nur für die kurze Zeit?

ALEX

Als ich vor ein paar Jahren zum ersten Mal wieder nach New York zurückkam, habe ich mich gefragt: soll ich ins Chelsea ziehen?, habe mich dann aber doch für das Carlyle entschieden. Meine Wohnung hier besteht aus mehreren ohne System über zwei Etagen verstreuten, durch schmale Treppen und lange Flure miteinander verbundenen Räumen und liegt hoch genug, um über die Fifth Avenue hinweg auf den Park blicken zu können. Die Einrichtung habe ich fast komplett von den Vorbesitzern übernommen, einer deutschen Familie, die nach Frankfurt zurückkehren musste, da der Vater seinen Job bei Morgan Stanley verloren hatte, sie ist in einem Stil gehalten, den ich niemals gewählt hätte, der aber auch nicht störend auf mich wirkt. Allein die Vorhänge waren indiskutabel, und ich dachte an meine Kindheit zurück und erinnerte mich an den Stofffabrikanten Manuel Canovas, für den meine Mutter, die in ihrem Leben sehr, sehr viele Vorhänge anfertigen ließ, immer eine Vorliebe gehabt hatte, ich entdeckte auf der Madison ein Geschäft, das sich auf Stoffe von Canovas spezialisiert hatte, aber auch Duftkerzen im Angebot hatte, die tausend Dollar kosteten. Ich wurde zuvorkommend bedient.

In meiner Küche hängen Fotografien, die mich in Gesellschaft zeigen, frohen Mutes, zu Universitätszeiten. Ich führte damals ein unreflektiertes Dasein, wachte abends auf, suchte in meinem Chaos nach einer Kreditkarte und schleppte mich kurz vor Ladenschluss

zur Weinhandlung. Die Flure habe ich in voller Länge
mit Bücherregalen ausstatten lassen, um meine zuvor
auf drei Wohnsitze verteilte Bibliothek zu vereinen. Ich
sollte die Bücher verkaufen, sage ich mir oft, generell all
meinen über die Jahre hinweg sinnlos gehorteten Besitz,
ich sollte die Wohnung hier verkaufen und mein Haus in
Georgetown und mich endgültig nach Montauk zurück-
ziehen, an den äußeren Rand des Kontinents, wo ich
eine schön gelegene Brandungsloge besitze.

Hinter mir fällt die Tür ins Schloss und ich würdige
die Post keines Blickes, die Champagnerkisten, die mir
irgendwelche Leute unentwegt schicken, und steige
in mein Arbeitszimmer hinauf, um mich dort in mein
Sofa sinken zu lassen. Ich bin müde, und ich fühle mich
krank. Die achtlos versoffenen Jahre hängen mir in den
Knochen. Es dauert nicht lange, bis mir die Augen zufallen. Langsam sacke ich zur Seite.

Ich träume von der Tochter, die ich einmal gezeugt habe
und der ich nicht erlaubt habe, die klare Luft der Wälder
zu atmen. Ich träume von dem Mädchen, mit dem ich
damals zusammengelebt habe, Julia war ihr Name, und
über Deutschland dämmert ein grauer Dezembertag, als
mich Julia mit der Nachricht weckt, dass sie ein Kind von

mir erwarte. Im Traum schließe ich Julia schlaftrunken in meine Arme, sie erzählt mir von einer Vorstellung, die sie schon immer gehabt habe, dass die kleinen Menschen, bevor sie auf die Welt kommen, bereits existieren und vom Himmel aus die Eltern, bei denen sie leben möchten, selbst auswählen, und ich kann die Ärztin sehen, die für unseren Entschluss Verständnis zeigt, aber alles müsse schnell gehen, sagt sie, damit die Entwicklung des kleinen Menschen nicht zu weit gedeihe, und dann verrät uns die Ärztin, wie gern sie festlich essen gehe, dass sie diversen Prominenten nahestehe, dass sie liberales Gedankengut pflege, dass sie unsere Entscheidung gut verstehe, und im Traum kann ich dann sehen, wie Julia heute lebt, in Königstein, am Waldrand, mit Blick auf die Burgruine und einem Koi-Teich im Garten, über den sich eine filigrane Brücke spannt, und einem Arbeitsbereich auf der Galerie für ihren gesunden, kitesurfenden Investmentbankerehemann, und ich kann die toten Kinder sehen, die in den Rohren unter den Städten verschwinden, die sie weiter in die Flüsse tragen, wo sie von Fischen gefressen werden, und im Traum schwebe ich durch dunkelrot leuchtende Wärme, in die Worte nur gedämpft vordringen, und ich träume von kalten Klingen und grellem Licht und sehe mich wie von Sinnen gegen die äußere Mauer hinaufspringen, hinter der möglicherweise die Erkenntnis beginnt, sehr viel wahrscheinlicher aber: das Nichts.

Als ich zu mir komme, fühle ich mich allein. Mir ist bewusst, dass niemand auf der Welt weiß, wo ich mich gerade aufhalte. Meine Kehle ist trocken, ich habe Atemnot, ich blicke direkt auf das Telefon, das vor mir steht, und auf dem Gerät blinkt ein rotes Lämpchen. Ohne nachzudenken hebe ich ab und bereue dies gleich, ich habe keinen Gesprächsbedarf heute, und noch bevor ich höre, wer es ist, überlege ich blitzschnell, wer es sein könnte, der Empfang hat Anweisung, niemals durchzustellen und nur wenige Leute haben meine direkte Nummer hier, es muss jemand sein, den ich schon lange kenne, und ich schnarre: «Hello?» und höre eine freudige Mädchenstimme: «Alex! Du bist zu Hause!» und ich schnarre: «Who's this?» und die Stimme strahlt: «Ysa!» und «Ich komme!» und schon hat sie aufgelegt.

Ysa, denke ich mir, auch das noch, ich lernte Ysa kennen, als ein alter Professor von mir, mit dem sie ein Verhältnis hatte, mich darum bat, einen Lyrikband zu lektorieren, den sie geschrieben hatte, der mir gefallen, den aber niemand gekauft hatte und dessen Umschlag Ysa anstelle eines Titels mit einem Warnhinweis versehen hatte,

NICHT INS FEUER WERFEN, wie man ihn normalerweise auf Batterien oder Druckbehältnissen findet. Mit ihrem Lyrikband und Ysa habe ich dann ein *lost weekend* in Berlin verbracht, in einer Altbauwohnung im Hochparterre in der Carmerstraße, in der wir im Bett lagen, tranken, lasen und Liebe machten, wie es Ysa nannte, und nachmittags nur aufbrachen, um einen Tafelspitz zu essen, eine neue Kiste Wein zu holen. In meiner Erinnerung ist sie hauptsächlich ein Bouquet aus sensorischen Wahrnehmungen diverser Oberflächenbeschaffenheiten.

Zu Beginn hat Ysa geschrieben, jetzt macht sie Installationen, wenn ich da noch auf dem Laufenden bin, das heißt, sie hortet allerlei Gegenstände, also Tierleichen etwa oder Wikingerhelme oder Außenbordmotoren oder Modeschmuck von YSL aus den siebziger Jahren, bis ihr die Zeit als reif erscheint, und fügt dann alles irgendwie zusammen, setzt alles in irgendeinen Zusammenhang, als Abbild ihrer Wahrnehmung irgendeines Phänomens, sie ist der Meinung, dass diese Methode besser als Schreiben funktioniert, was ich nur schwer nachvollziehen kann. Schreiben funktioniert zwar auch nicht wirklich, aber immer noch besser als Basteln, will ich doch meinen.

Als wir uns das letzte Mal sahen, wollte Ysa mir weisma-
chen, dass Männer ein besseres *Genre* als Frauen seien.
Ich bin anderer Meinung. Männer sind langweilig und
scheiße, denke ich mir und mache mich auf den Weg
in die Küche, um mir einen Drink einzuschenken, und
stolpere über eine Kiste Pichon-Lalande und stürze und
pralle gegen eine der Bücherwände und knalle rücklings auf das hellgrau eingefärbte Eichenparkett. Ich
muss weg von hier, denke ich mir, ich will mit all dem
nichts mehr zu tun haben. Ich will hinaus in mein Haus
nach Montauk fahren. Ich will eine Frau, ein Kind, einen Hund. Oder eher eine Katze. Im Grunde hasse ich
Hunde. Lieber die gelben Augen einer Katze, sage ich
mir, als die treuen Augen eines Hundes, und ich höre
die Klingel, stehe auf, öffne die Tür und Ysa steht vor
mir, sie trägt ein gestricktes Kleid, das sehr kurz ist,
schwarze Wollkniestrümpfe, weiße Stiefelchen, und
sie umarmt mich gleich, drückt ihre Wange an meine,
«Schön kalt bist du», sagt sie.

Und Ysa hat recht, es ist wirklich kalt hier drinnen, ich
merke das ja nicht, wenn mich niemand darauf hinweist,
es ist nicht geheizt und sicher stehen Fenster offen,
«Wie in einer Gruft!», lacht sie und schlottert lustig mit
den Zähnen. In der Küche zieht Ysa eine Flasche Grande

Dame hervor und deutet auf den unteren Teil des Kühlschranks, auf den Wald aus beschlagenen Weinflaschenhälsen, «Eigentlich das Fach für Obst und Gemüse», sagt sie und ich antworte: «Ein weiteres Flaschenfach.» Ich leere die Grande Dame in zwei große Burgundergläser, wir stoßen an und schlendern ins Wohnzimmer, wo der Christbaum steht, den der Concierge heraufgeschickt hat, da morgen Weihnachten ist, ich binde mir einen zur einen Seite aus Kaschmir und zur anderen aus Seide bestehenden Schal um, mit der Seidenseite nach innen, entgegen der vorgesehenen Weise, und folge Ysa auf meine überdachte Terrasse, die wie die Kanzel eines Zeppelins im Schneetreiben zu schweben scheint.

Sie lehnt sich über das Geländer hinaus, sie starrt in die Unwirklichkeit hinab, die sich unter der Terrasse ausbreitet, im Grunde sei es ja nicht mehr als ein Balkon über einem Park, «aber diese *Dimensionen*», sagt sie, «wer hat sich das denn ausgedacht, was waren denn das für *Leute*?» und sie erzählt mir, dass ihr Professor an der Columbia ihr nach Lektüre ihrer Abschlussarbeit, einer Erzählung aus dem Dritten Reich, Potential attestiert habe, sie wisse, ein blöder Begriff, aber so habe es der Professor eben formuliert. Er habe sein Urteil damit begründet, dass er aus ihrer Erzählung vieles herausgelesen habe, von dem er annehme, dass sie es nicht bewusst hineingeschrieben habe und dass alles Herausgelesene in seiner Gesamtheit schlüssig gewesen sei, dass ihr Gehirn demnach auf mehreren Ebenen funktioniere und eigenmächtig Tiefenschichten fabriziere, die der geschliffenen Oberfläche ihrer Texte etwas Bedrohliches verliehen, und wenn man diesen Gedanken auf die monströse Inszenierung übertrage, redet sie einfach weiter, die sich von hier oben biete, müsse man sich fragen, ob die Architekten und Bauherren, vom konkreten Vorhaben geleitet, repräsentative Wohn- und Geschäftsflächen zu schaffen, in gespenstischem Einklang nicht eine Art kollektives Unterbewusstsein zum Ausdruck gebracht haben, das von Ratlosigkeit geprägt sei, von Verdrängung, von ohnmächtigem Größenwahn, «Ich meine, schau doch mal hin, Alex! Was *soll* das denn?»

PIA

Der Winterdienst ist überfordert, in meine Gegend hat sich heute noch kein Streufahrzeug verirrt, und als ich auf die Straße hinaus beschleunige, schwebt mein Mercedes schwerelos auf jungfräulichem Pulverschnee. Die Aufputschmittel haben mich sehr wach gemacht, ich höre Beethoven und fahre zügig nach Norden, in Richtung der U-Boot-Basis. Schon beim Anziehen musste ich die ganze Zeit an Alex denken, immer wieder an den letzten Sommer, den wir zusammen verbracht haben, an Spaziergänge zum Leuchtturm, an Pläne für die Zukunft, die wir zusammen geschmiedet haben. Ich hatte mich schon früh für Architektur entschieden, und die Wochen in Montauk hatten mich in meinem Entschluss noch bestärkt, da mich das Sommerhaus von Alex' Eltern faszinierte, es war eine der sogenannten *Seven Sisters*, die Stanford White, der das kosmopolitische Manhattan, wie man es heute kennt, ein Jahrhundert zuvor erfunden hatte, in die damals noch unberührte Wildnis an der nördlichen Spitze Long Islands gesetzt hatte.

Diese schönen alten Häuser beruhigten mich irgendwie, ihr Architekt war erschossen worden, aber sie waren immer noch hier, die Menschen hatten erkannt, dass sie besonders waren, und würden sie, wenn nicht eine unvorhersehbare Katastrophe passierte, noch Jahrhunderte erhalten und pflegen. Ich sprach nicht darüber, da es mir als prätentiös erschien, nicht einmal Alex erzählte ich davon, aber ich hatte das Bedürfnis, mir etwas auszudenken, für das man sich an mich erinnern würde, ich war in beneidenswerter Lage, ich dachte nie wirklich an

Karriere, in meinem Erwachsenenleben, beschloss ich damals, würde ich keine Aufträge annehmen, sondern nur für Alex und mich Häuser bauen, für unsere Form der Zweisamkeit, und dabei immer einen für zwei Personen idealen Lebensraum vor Augen haben, da ich davon überzeugt war, dass ich in diesem Kontext meine beste Arbeit leisten würde.

Für Architektur, waren wir uns schnell einig, kam allein Harvard in Frage, anders als Yale beispielsweise, Alex fand Yale deprimierend und mir war es irgendwie *als Marke* unsympathisch, oder auch Brown, wo es lustig war, man aber nichts lernte, wo es kaum Nobelpreisträger gab, und auch Chicago kam nicht in Frage, obwohl es für Architektur interessant gewesen wäre, da es nicht direkt an der Ostküste, sondern irgendwo weit draußen *in flyover country* lag. Für sich selbst hatte Alex an Harvard kein Interesse, er wollte in Georgetown studieren, er würde wohl nicht umhinkommen, für ein paar Jahre als Investmentbanker zu arbeiten, da er sich nicht mit seinem Vater streiten wollte, und in Georgetown, und generell in Washington, war Alex der Meinung, könne man sich auf diese Tätigkeit ideal vorbereiten. Dass wir nicht in der gleichen Stadt studieren würden, sei kein Problem, versicherte er mir, da die Semester kurz und die Sommer lang seien und zwischen Washington und Boston stündlich die Delta Shuttle hin und her fliege.

Später, nachdem ich Alex verloren hatte, landete ich tatsächlich in Harvard, ich war sehr schön damals, *a hot German chick*, und die jungen Amerikaner waren begeistert von mir, amerikanische Buben haben ja immer Hemmungen den *Euros* gegenüber, und wenn ich einen von ihnen direkt ansprach, ob er mir nicht ein Glas Wein holen könne, sah ich eine unschuldige, aber zu allem bereite Freude in seinen Augen. Denn der junge Amerikaner möchte etwas erleben, er möchte früh aufstehen und tagsüber Sport treiben, Football am liebsten oder irgendeine andere Sportart, bei der es auf rohe körperliche Kraft ankommt, er möchte mit den Jungs warm duschen und noch in der Umkleide mit ihnen unter feierlichem Gebrüll die ersten Flaschen Bud Light aus der Eiswanne ziehen. Wenn er einer höheren Gesellschaftsschicht entstammt, wenn er aus New Hampshire kommt oder Connecticut oder Vermont, möchte er sich eine Khakihose anziehen, auberginefarbene *Loafers* ohne Socken, einen Gürtel aus Segeltuch, ein hellblaues Hemd mit Button-Down und mit den Artgenossen auf einem englischen Rasen herumstehen, unter einer offenen Zeltkonstruktion, während junge Damen in sommerlichen Kleidern an ihnen vorbeiziehen und die Eiswürfel in ihren Scotchgläsern mit dem Pianisten schläfrig um die Wette klimpern.

Um deutsche Buben, die zumeist aus Frankfurt kamen, machte ich einen weiten Bogen, es waren erstaunlich viele in Harvard, generell stellen die Deutschen an den brauchbaren Ostküstenuniversitäten eine solide Fraktion, die man bei Regen immer an den lächerlichen Outfits im Jägerstil erkennen kann. Meine Distanz ihnen gegenüber machte sie wahnsinnig, sie stellten mir nach, aber ich wollte mit ihnen nichts zu tun haben, sie waren mir zu analytisch, zu berechnend, zu seelenlos, und die amerikanischen Buben erfüllten meine spezifischen Bedürfnisse besser, amerikanische Buben sind wie kleine Welpen, unkompliziert, oft verwirrt, hungrig nach Zustimmung, begierig nach Führung, und ich erinnere mich an ihre kräftigen Körper, an diese massiven Sportarme, kein Mann, der Bücher liest, hat ja Zeit für so was, und wenn sie lasen, dann nur im Urlaub in Mexiko am Strand mal einen Roman von Sidney Sheldon, von dessen atemberaubenden *plot twists* sie einem dann überrascht und fasziniert Bericht erstatteten.

Mein Studium bereitete mir keine Probleme, das akademische Programm, das andere als rigoros empfanden, absolvierte ich mühelos und flog an Wochenenden oft nach New York hinunter, wo ich im Plaza wohnte, ich wollte im Park spazieren gehen, am Ufer des Segelbootbeckens sitzen, neben der Statue von Hans Christian Andersen, der offenbar ein albernes Kinnbärtchen zu tragen pflegte, ich wollte die Dunkelheit abwarten und mir dann in die Sitzecke meines Vaters im Oak Room eine schöne Flasche Pauillac kommen lassen. Auf einem der Rückflüge saß ich neben einem alten Architekten, der mir schon einmal vorgestellt worden war, ein Partner bei Skidmore, Owings & Merrill, den mein Vater Jahre zuvor mit dem Bau der New Yorker Repräsentanz seiner diversen Geierfonds beauftragt hatte. Als ich ihm von Harvard erzählte, sagte er: «We're always looking for special people, come join us, you strike me as SOM material» und sein Angebot beruhigte mich irgendwie, vielleicht war es ja das, was mir fehlte, eine Routine, ein professionelles Umfeld, ich hatte gerade einen Sommer allein in Mystic verbracht, um den Bau meines Gästehauses zu überwachen, da ich es ebenso ernst nehmen wollte wie die Häuser, die ich mir zu meiner Zeit mit Alex erträumt hatte. Der Unterschied war lediglich, dass ich nicht mehr ideale Räume für zwei, sondern ideale Räume für eine Person vor Augen hatte, mein Haus sollte eine Einsamkeit ausstrahlen, die als selbst gewählt erschien, obwohl das bei meiner ja nicht der Fall war, es sollte nicht als Resultat einer Niederlage zu erkennen, sondern ein Haus sein, wie es sich ein Autor bauen würde, um zu arbeiten, um sich zurückzuziehen, um sich auf sich selbst zu konzentrieren. Als Grundform hatte ich den *shingle cottage* gewählt, und diesem zur Seeseite eine mit Sprossenfenstern verkleidete *porch* vorgelagert, meinen Schneewittchensarg, in dem die Sonne, die sich im Wasser spiegelt, ein Abbild von dessen Oberfläche an die hintere Wand wirft, eine warme, sanfte Dünung.

Der Partner war nett und väterlich, er glaubte zu wissen, woran ich dachte, dass man sich in einem Büro wie SOM nicht verwirklichen könne, dass die Arbeit dort keinen Spaß mache, und so erzählte er mir, dass er nur nach Boston hinauffliege, um dort einen Kunden abzuholen, einen Khaled oder Hamid, mit dessen Gulfstream sie gleich weiter nach Jeddah fliegen würden, da sich der König doch tatsächlich eine exakte Replik des *Reflecting Pool* bestellt habe, das SOM vor dreißig Jahren in Washington vor das Capitol gebaut habe. Jeddah sei nicht Paris, das gebe er gerne zu, aber er habe drei Flaschen hervorragenden Cognacs dabei und werde die ganze Woche dort in insgeheim angeheitertem Zustande bestreiten – anders sei es in Saudi-Arabien ja auch nicht auszuhalten, allein das Essen, die dubiosen Hammeleintöpfe, die nach Kamel dufteten – und er wisse nicht, ob ich das *Reflecting Pool* kenne, das er übrigens selbst gezeichnet habe, aber in gewisser Weise halte er es für absolut passend für Saudi-Arabien, da er es immer als durch und durch amerikanisches Bauwerk verstanden habe, ein symmetrisches, dekoratives, seichtes Becken, in dem sich die Sonne spiegele und unter dem tief in der Erde eine achtspurige Autobahn donnere, von den Touristen aus Kansas am Ufer höchstens als kaum merkliches Zittern der Oberfläche zu erahnen.

In New London kaufe ich mir am Hafen eine Fahrkarte und fahre über die eisglatte Rampe auf die schrottreife Fähre, die das ganze Jahr über zwischen der Marinestadt hier und dem Fischerhafen in Montauk verkehrt. Hinter der Brücke ist ein beheizter Verschlag, in dem sich ein Tresen befindet, an dem Sierra Nevada vom Fass ausgeschenkt wird, und ich hieve mich vorsichtig auf einen Barhocker. Ich lehne mich an das Stahlblech der Außenwand zurück.

Der Barmann stellt mir ein Bier hin und ich nehme gierig einen tiefen Schluck, unglaublich, wie unglaublich gut das schmeckt, wie lange ist es her, dass ich Bier getrunken habe! Ich leere meinen Becher und bestelle mir gleich einen zweiten, nur einen noch, und das Nebelhorn fährt mir durch Mark und Bein, während das Schiff aus dem ausgedehnten Naturhafen hinausgleitet, an den Kränen und Hallen der U-Boot-Werften vorbei, den ominösen Gebäuden der geheimen Militärbasen, und aus dem Nebel ist das dumpfe Wummern patrouillierender Hubschrauber zu hören.

ALEX

Ysa zieht sich wortlos an und verschwindet, ohne dass ich in ihrem Gesicht *romantische Gefühle* erkennen kann. Es wäre schön, wenn es mir wieder einmal gelingen könnte, in einem Gegenüber *romantische Gefühle* zu wecken, denke ich mir, anstatt immer nur diese wohlige Verausgabung, die ich gerade in Ysas Gesicht gesehen habe, die Erschöpfung der Sportlerin nach erfolgreich absolviertem Triathlon. Ich verspüre das Bedürfnis, mir einen hinter die Binde zu kippen, eine Flasche Sake im Sushihatsu am besten, und ich stehe auf, dusche mich, werfe mich in Schale, fahre in die Lobby und laufe kurz darauf in den Park hinein, in dem wie immer nach Einbruch der Dunkelheit alle Spielarten von Gewaltverbrechern über die finsteren Auen schleichen.

Während ich von einem der Felsen, die aus dem Waldboden ragen, zum nächsten Felsen springe, fällt mir wieder ein, dass ich schon vor längerer Zeit einen kurzen Text hätte abschicken sollen, an eine Dame von der Neuen Galerie, in der im nächsten Jahr in einer Ausstellung alle Selbstportraits von Schiele vereint werden sollen, die Dame hat mich schon vor Monaten gebeten, für den Katalog einen Text über *Selbstportrait mit Arm über Kopf gezogen* zu schreiben, da sie das Bild an mich erinnere, was man ja auch als Beleidigung auffassen kann, und einerseits ist mir peinlich, dass ich den Termin verpasst habe, andererseits: was hätte ich über das Bild schon schreiben können? *Als puste er sich die Achsel trocken*, hätte ich schreiben können, *die Lippen zu einem flachen Oval geöffnet, den Strahl der austretenden Luft schräg hinab in die rechte Achsel gerichtet, ein kühlendes Lüftchen aus Viren, aus Bakterien, aus den von Tuberkulose zerfressenen Lungen, überhaupt das Gesicht, ein Totenschädel, diese angespannten Nasenflügel, die linke Braue hochgezogen und die Augen direkt auf den Betrachter gerichtet, um die Reaktion auf*

95

sein pestilentes Achselpusteverhalten zu verfolgen, der Körper ein hölzernes Gerüst, über das schmutzige Seide gespannt worden ist, der linke Arm so positioniert, als drücke er außerhalb des Bildausschnitts die Kuppe eines Zeigefingers auf die Eichel eines mächtigen, wie in Leichenstarre erigierten Gliedes, als liege seine ungewaschene Hand auf dem Kopf einer höheren Tochter, hätte ich schreiben können, die ihm dienstfertig eine orale Huldigung zuteilwerden lässt, und durch die Zweige einer Trauerweide ist vor mir das Plaza zu sehen, das ehemals angenehmste Hotel der Stadt, in dem ich als Kind mit meiner Familie oft wochenlang lebte, wenn meine Mutter mal wieder unsere Wohnung modifizierte, und in dem ich zu Studienzeiten oft in Zimmern der Kategorie Park Premier residierte, die sehr geräumig waren und auf hohen Stockwerken lagen und in denen man sich nach dem Aufwachen Weißwein bestellen und die Fenster sperrangelweit aufreißen konnte, um sich im Morgenmantel zu betrinken, während man über den Park hinweg in die Ferne blickte.

Als ich wieder auf die Fifth Avenue hinaustrete, muss ich an meine Mutter denken, die beim Spazierengehen in diesem Park sicher einmal die Erde umrundet hat, die ganze Gegend hier oben erinnert mich an meine Mutter, das Bergdorf Goodman, das Cipriani, das MoMA, es sind die Orte, an denen sie, wenn sie nicht am Schreibtisch saß, ihre Zeit zu verbringen pflegte. Ich kann mich an den letzten Augenblick, in dem ich meine Mutter sah, noch genau erinnern: an die plötzliche Erleichterung, die in ihrem Gesicht zu sehen war. Ich hatte schon viele Tage und Nächte bei ihr in der Isolationskammer verbracht, als sie starb, die Nächte auf einem Stuhl neben ihrem Krankenbett, das eine Art Luftkissen war, das von einem Kompressor auf einem Druckniveau gehalten wurde, auf dem die Schmerzen der von den Abwehrreaktionen gegen die fremden Zellen zerstörten Haut einigermaßen erträglich waren, in Zusammenspiel mit dem massiven Einsatz von Opiaten, erträglich selbstverständlich nur im radikal reduzierten Sinne von: ohne zu brüllen, bis einem das Blut aus der Kehle gurgelt, ohne sich auf der Stelle das Nichts herbeizusehnen et cetera.

Sie lag in einem Koma, das nicht sehr tief war, sodass ich das Gefühl haben konnte, dass sie die Anwesenheit ihres Sohnes noch wahrnahm. Und ich konnte sie sprechen hören: ich konnte nicht sicher sein, bildete mir aber ein, dass sie zu den für sie, von ihrem Kind abgesehen, entscheidenden Menschen sprach, zu der Mutter und Großmutter, die ihr vorangegangen waren, dass sie versuchte, mit diesen beiden Kontakt aufzunehmen.

Ich bekräftigte meine Mutter in ihrem Vorhaben, ob sie mich hören konnte, weiß ich nicht, aber ich sprach zu ihr, da ich die Hoffnung hegte, dass ihr das Vorhaben helfen könnte, ihre Gedanken zu stabilisieren, sich vor Alpträumen zu schützen, obwohl ich fest davon überzeugt war, dass uns alle, ob gut oder schlecht, das Ende erwartet, und sonst nichts. Die Erleichterung jedoch, die ich beim Abschied sah, ließ mich zweifeln: die Hilfe, die sie so entschlossen gesucht hatte, schien meine Mutter rechtzeitig gefunden zu haben.

PIA

Wie nicht anders zu erwarten, kam ich schnell voran bei SOM, nach einem Jahr schon betreute ich größere Aufträge, das erste Projekt, auf dem ich die Führungsrolle übernahm, war die Ausstattung der Etagen der Abteilung für Fusionen und Übernahmen im Hauptquartier einer eher drittklassigen Investmentbank, das diese als Ganzes bei SOM bestellt hatte: bizarrerweise, wie ich fand, lag es nun in meinem Ermessen, in welcher Konstellation und in welchem Ambiente die jungen Männer dort in den Großraumbüros ihre besten Jahre verplempern würden. Und während ihr Arbeitsumfeld auf meinem Bildschirm Gestalt annahm, ertappte ich mich dabei, dass ich an Alex dachte und ihn als Maßstab nahm, obwohl er sich sicher nicht in eine Bank wie diese herabgelassen hätte, ich schloss meine Augen und sah ihn Schuhe aus tabakbraunem Kalbsleder auf einen weißen Vitratisch hochlegen, während er am Telefon einem Kunden die Unabdingbarkeit eines massiv höheren Honorars als vereinbart einhypnotisierte, was dazu führte, dass mein eigener Kunde erbost, da ich das Budget gesprengt hatte, die jungen Männer auf den Etagen mit meiner Arbeit später dann aber sehr zufrieden waren.

Ich wohnte am Park und ging abends weiterhin oft in den Oak Room, ich fühlte mich zu Hause dort und eines Abends blickte ich aus meiner Zeitung auf und erkannte seinen Hinterkopf, er saß mit dem Rücken zu mir, ich hörte seine sonore, sanfte und suggestive Stimme, mit der er irgendwelche silberhaarigen Vorstandsdeutschen einwickelte, es fiel das Wort *Kernfokus*, der Begriff *Paradigmenwechsel*, und während ich aufsprang, Geld auf den Tisch fallen ließ und unbemerkt in den Abend hinaus entkam, musste ich an Sag Harbor denken, ein viktorianisches Paradies aus weißen Kapitänshäusern, dessen walfangende Bewohner jahrhundertelang gegen die Angriffe von Piraten gewappnet waren, der Invasion der

·liberalen Uptown-Intelligenzija Ende der Achtziger dann aber nichts mehr entgegenzusetzen hatten.

Als wir sechzehn Jahre alt waren, saßen wir dort auf der *porch* vor dem American Hotel, mit Sonnenhüten und Romanen, nachdem wir zuvor beinahe bis zur Erschöpfung durch das kalte grüne Wasser vor Shelter Island geschwommen waren. Wir hatten uns in Schale geworfen, wir hatten uns in Deckstühle drapiert, um entspannt Chardonnay zu trinken, und am frühen Abend vorsorglich ein Zimmer für die Nacht reserviert, da sich schon abzeichnete, dass wir später zu betrunken sein würden, um die lange finstere Strecke nach Montauk zurückzufahren. «Hey buddy!», riss uns auf der *porch* bald eine Stimme aus schläfriger Harmonie, «How the hell are you, buddy?» und es war der Bankchef wieder, und Alex fragte: «Listen pal, what do you think about me going into Investment Banking after college?» und der Alte sagte: «Don't do it, buddy. You're a young man. You got your whole life ahead of you. Investment Banking is not rewarding or meaningful in any way. But you know that already. The only reason to do it is money. That's all there is. There's nothing else about it worth anything. It drains you, just sucks the life out of you, especially if you're good at it, so don't get into it, buddy, cause it's difficult to get out of», warnte der Alte, «I never met anyone in that racket that wasn't dreaming about an exit, but the truth is, most people have no idea what to do with their lives», und ohne Zweifel hatte er da recht, Alex hatte dieses Syndrom, das über neunzig Prozent der Branche zu betreffen schien, bei seinen Recherchen auch schon identifiziert, diesen Fluchtimpuls, der an der Wunschlosigkeit scheitert, dem Unvermögen, irgendein konkretes Ziel außer beruflichem Erfolg und ausuferndem Reichtum zu formulieren.

Der Alte harte einen Tisch am Geländer reserviert, und vorneweg bestellten wir eine silberne Eiswanne voller Austern und Taschenkrebsen und Königskrabbenbeinen und vor Montauk gefangenen kleinen Hummern, die unsichtbar vorgeknackt waren, sodass man keine Schalenzange mehr zu bemühen hatte. Seine weißen Haare wehten und er schien sich wohlzufühlen, er winkte Sonny Mehta zu und Tina Brown und Michael Milken, und vom Wasser kam der traurige Klang einer Messingglocke, die weit draußen auf einer schwarzen Boje montiert war. Die Sonne sank in den Hafen, auf der Straße standen europäische Wagen, aus einem Targa ragte eine Angelrute empor, gegenüber flimmerte rot das Leuchtschild des *Sag Harbor Liquor Store*, und der Alte, den ich zuvor immer als eher abstoßend empfunden hatte, als alternden *key party*-Hengst, wurde mir langsam sympathisch.

Als Hauptgericht wurde eine Jacobsmuschel von der Größe eines Rinderfilets vor mir niedergesetzt, vor Stunden erst im tiefen Bay von einem Taucher aus einer Felsspalte gezogen, wie Rémy, der Mâitre, mir glaubhaft versicherte, und als der Alte sich kurz entschuldigt hatte, um Felix Rohatyn Hallo zu sagen, erzählte mir Alex, dass er hier auf der *porch* vor Jahren einmal Alfred Herrhausen beobachtet hatte, wie er in einem sehr gut sitzenden Sommeranzug an einen Pfosten gelehnt eine Dunhill geraucht hatte, und dann erinnerten wir uns daran, mit welchen Worten Herrhausen seine Ansprüche an Führungskräfte formuliert hatte: *Wir müssen das, was wir denken, auch sagen. Wir müssen das, was wir sagen, auch tun. Und wir müssen das, was wir tun, dann auch sein, meine Damen und Herren.*

ALEX

Im Sushihatsu nehme ich am Tresen Platz, der aus einem soliden Block Hinoki gefräst ist, der jeden Morgen von

Neuem gesandet und sorgfältig poliert wird, ich bestelle mir das Omakase, sechzehn Gänge, ich habe Hunger heute und eine bildhübsche Kellnerin, die unmöglich schon volljährig sein kann, setzt ungefragt einen Holzbecher Sato No Homare («Tränen aus Nacht») vor mir nieder, einen Sake aus der Präfektur Ibaraki, der seit neunhundert Jahren in einem Wald nahe Edo gebraut wird, und die Klinge des Meisters setzt sich über dem Schneideblock aus Ginkgo blitzschnell in Bewegung. Nach einer kleinen Schale Asarimuscheln, die mir die Kellnerin aus der Küche bringt, wobei ich ihren Duft in die Nase bekomme, einen Duft von Hermes, der mich an eine Roomservicekraft aus dem Carlyle erinnert, die ich im letzten Jahr öfter mal in meine Wohnung gelockt habe, der mich an verregnete Nachmittage und schläfrigen Sex auf dem Sofa erinnert, beginnt das Omakase heute mit Bluefin Toro aus North Carolina, *line caught*, wie der Meister grummelt, *deep water* und *Outer Banks*, und er greift in den Reiskocher, reibt frische Wasabiwurzel auf die kleinen Ovale, presst den Toro darauf, setzt sie einzeln vor mir nieder, und als ich mit bloßer Hand das erste Stück an meine Lippen führe, meine Augen schließe, um mich auf die Textur zu konzentrieren, als der Meister leise *Kanpai* schnarrt und ich die Frische der «Tränen aus Nacht» in meiner Kehle spüre, ist mir bewusst, dass ich mich mit meiner Umwelt seit vielen Jahren nicht mehr derart in Einklang gefühlt habe.

Das Lokal ist angenehm leer, die Menschen in Manhattan schieben sich heute Truthähne in ihre Öfen oder Zicklein aus Vermont, sie lassen Hummer in ihre Töpfe gleiten, dekantieren unter optimalen Bedingungen gereifte Rotweine, in den Wohnzimmern vor den Christbäumen schlingen sie Blinis in sich hinein, spülen Champagner hinterher, freuen sich auf ihre Geschenke, singen Lieder, schwingen Reden, tragen irrationale Familienkonflikte aus, wie eben Sitte an Weihnachten, während mir heute hier am Tresen nur die stilisierte Eule auf meiner Hitachino-Bierflasche Gesellschaft leistet, was keine Klage sein soll, was für mich ausreicht, nicht zuletzt deshalb, da die Kellnerin gerade beim Einschenken mit einer Brust meine Schulter gestreift hat, fast unmerklich, aber nicht ganz, und auf den Toro folgen ein in Miso geschmorter Seegurkenmagen und eine nach dem Waldingwer Ogo duftende Brühe in einem tönernen Heißtopf, in dem Bergspinatblüten, Austern und Wangen kanadischer Kirschforellen schwimmen, eine Komposition aus Meer, Bach und Wald, die trotz aller Raffinesse eine gutbürgerliche Geborgenheit verbreitet.

Dann setzt der Meister einen Eisblock vor mir nieder, in den eine Aussparung gefräst, die mit Wasabiwasser gefüllt worden ist, in dem ein Taler aus gehacktem Toro schwimmt, einem anderen Bluefin diesmal, *Bering Sea*, wie der Meister schnarrt, *better for tartare*, auf den eine großzügige Schicht Beluga gestrichen worden ist, deren salzige Intensität mit dem klaren Geschmack des Thunfischbauches und der eleganten Anisnote des in einem Iglo auf der Insel Hokkaido gebrauten Yuki No Bosha («Wallung der Geisha») einen harmonischen Dreiklang bildet.

Ein paar Hocker weiter sitzt Eric Ripert am Tresen, und wir kennen uns vage, aber er scheint mich nicht zu bemerken, vor drei oder vier Jahren bin ich mit ihm einmal in Sag Harbor ins Gespräch gekommen, der Barmann raspelte gerade frischen Wasabi in meinen Dirty Martini, woraufhin Ripert mich ungefragt informierte, während er seine silberne Tolle zurechtzupfte, dass Wasabi in freier Wildbahn allein in der nördlichen Präfektur Tochigi vorkomme, in schattigen Tälern, auf bewaldeten Nordhängen in der Nähe rauschender Bäche, und so kam ich mit ihm ins Gespräch, während neben uns Billy Joel vom Barhocker fiel, der abgehalfterte Schmusebarde, Ripert zufolge ein Alkoholiker der

übelsten Sorte, was ich gar nicht wusste, der dem Barmann zufolge sogar mehr saufen soll als damals Truman
Capote, wenn das überhaupt möglich ist, was ich nicht
glaube, und beim Gedanken an Capote muss ich jetzt
an Long Island denken, wo die Salzluft belebender, der
Weißwein kälter, die Hummer frischer als sonst wo sind,
ich sehe den Schattenriss der Kellnerin hinter den Ta-
tamiwänden und schon steht außer Frage, wie ich Weihnachten verbringen werde: ich rufe Carmine an, meinen
Lieblingsdoorman im Carlyle, und erteile ihm Weisung,
den gepanzerten Mercedes, den ich von meinem Vater
geerbt habe, hierher vor das Sushihatsu zu bringen.

Das Omakase geht weiter seinen Gang, mit gratiniertem
Hummerfleisch in Seeigelbutter, das sorgfältig wieder
in der Schale arrangiert wurde, und dazu passt ideal
ein kalifornischer Chardonnay, es gibt eine große Aus-
wahl glasweise, ich studiere die Karte, frage mich laut:
«How's the Far Niente these days?» und Ripert säuselt
ungefragt: «Sinfully smooth, with a butterscotch rich-
ness, a nashi pear acidity» und die Kellnerin, die offenbar meine Gedanken lesen kann, fragt mich: «You want
a half bottle in a big glass?» und ich frage: «How did you
guess?» und sie sagt: «You're easy to read», und während
der Chardonnay kurz darauf nahtlos mit der Textur des

gratinierten Hummerfleisches harmoniert, muss ich an Kalifornien denken, an neblige Küstenweinberge, an das südlich von San Francisco gelegene fruchtbare Tal, in dem ich als kleiner Junge immer den halben Sommer im Tenniscamp verbracht habe. In der Nähe lag der mondäne Ort Carmel, in dem Clint Eastwood Bürgermeister war, eine Ansammlung alter Holzvillen und moderner Bungalows, die in zum Meer hin abfallende Eichenwälder gebaut waren, und in Carmel gab es genau einen Obdachlosen, der wie ein Seeräuber aussah und seine Tage auf der schattigen Piazza vor dem *liquor store* zu vertrödeln pflegte. Da er zu arm und ich zu jung war, um Alkohol zu kaufen, kamen wir schnell ins Geschäft, sodass ich auf den *dances*, die an jedem Freitag stattfanden, mit als Colas getarnten Cuba Libres umherwankte, und überall waren goldene Locken und strahlende Mädchen, die sich nur von Obst und Milch und Schokolade ernährten. Wenn man in der Lage war, auch nur ein Quäntchen Charme aufzubringen, konnte man mit ihnen ohne Weiteres in die Weinberge verschwinden, was ich aber nur vom Hörensagen wusste, da ich zu Hause eine Freundin hatte, die ich wirklich liebte, und da ich zu einem aufrechten und gewissenhaften kleinen Burschen erzogen worden war.

PIA

Am Hafen in Montauk schimmern Lichter in den Fenstern der Motels, es sind junge Liebespaare, die beschlossen haben, Heiligabend zu zweit am Meer zu verbringen. In langsamen Intervallen streichelt das Licht des Leuchtturmes über die Baumwipfel. Aus der Fischhalle am Dock kommen Weihnachtslieder, und als ich in den Wald hineinschwebe und kräftig beschleunige, um das Grollen meines schweren Achtzylinders zu hören, muss ich an meine Familie denken, an meine schöne, talentierte Schwester, deren Schicksal ich sonst immer versuche, zu verdrängen.

Die erste Zeit, nachdem ich Alex verloren hatte, war auch die Zeit, in der eine Beklemmung über das Leben meiner kleinen Schwester fiel, und keiner von uns wusste, woher sie gekommen war. In ihren Blicken sah ich, dass sie immer noch Zuneigung zu mir empfand, in diese aber kein Vertrauen mehr hatte, sie strahlte Ernüchterung aus, Enttäuschung sogar, lag nachmittags im Bett und trank Rotwein, mit dem Mercedes unserer Mutter raste sie ohne Führerschein im Regen über die nebligen Taunuslandstraßen. In ihren Blicken sah ich, dass sie das Gefühl hatte, dass wir keinen Bezug zueinander hatten, dass die zufälligen Konstellationen von Familie, auch einer harmonischen wie der unseren, ohne Belang waren, und wenn ich aus der Schule nach Hause kam, stand sie auf dem hölzernen Aussichtsturm, der in der Nähe unseres Hauses über die Baumkronen emporragte.

Unser Vater nahm uns gerne einzeln auf seine Reisen mit, um uns besser kennenzulernen, sicher aber auch, um die Spuren zu steuern, die er in unserer Erinnerung hinterlassen würde, ich erinnere mich an eine Reise nach Vancouver etwa, wo mein Vater und ich nach Lachsen fischen waren und mit japanischen Geschäftsmännern Bullshot trinken, Rinderbouillon mit Wodka, an eine Reise nach Houston, wo mein Vater eine Firma erworben, die ein zukunftsweisendes Kraftwerk entwickelt hatte, das mit den Dungbergen texanischer Rinderherden befeuert werden sollte, ich erinnere mich noch an das *mission statement* der Firma: *Others talk bullshit. We turn it into energy.*

Einer der Geierfonds, die seine Arbitragestrategien umsetzten, hatte im Jahr zuvor eine Falcon 900 erworben, eine dreistrahlige Interkontinentalmaschine, die er sich insgeheim schon immer gewünscht hatte. Die Produkte des Marktführers Gulfstream fand unser Vater stillos und ordinär, darüber hinaus technisch dubios, er bevorzugte die unangestrengte Eleganz der Falcon-Baureihe des Traditionsherstellers Dassault, der seit Jahrzehnten die französische Luftwaffe beliefert, und an einem kalten Abend im Frühjahr standen meine Mutter und ich vor dem privaten Terminal und sahen die entspannt blinkenden Positionslichter an den Flügelspitzen in der tief hängenden Wolkendecke verschwinden.

Während ich auf dem alten Highway nach Norden schwebe, kann ich die beiden in der Kabine sitzen sehen, mein Vater fragt meine Schwester, wo sie in New York essen gehen wolle, ob sie am Wochenende mit ihm nach Mystic hinausfahren wolle, die Baugrube sei ausgehoben, auch die Birken seien geliefert worden, und meine Schwester schaut immer noch grimmig, möchte im Grunde aber heiter sein. Und irgendwann hat unser Vater sie so weit, mit welcher Akribie er auf dem Tisch zwischen ihnen das Stillleben ausbreitet, den Matjestopf, den er beim Plöger bestellt hat, Schwarzbrot, weißen Burgunder, bauchige Kristallbecher, und als meine Schwester bemerkt, wie sehr es ihn freut, dass ihr der Wein gut schmeckt, schenkt sie ihm ein strahlendes Lächeln.

Unser Vater flog ohne Kabinenpersonal, er wollte seine Ruhe haben, sich einen Hausmantel anziehen, alte Western schauen, eigenhändig seine Korken ziehen, und meine Schwester fühlt sich gerade wohl in der Kabine, in der die Triebwerke nur als Flüstern zu vernehmen sind, es behagt ihr, dass in der Falcon, die ja seiner Berufswelt zugeordnet ist, unser Einfluss omnipräsent ist, da wir alle Materialien ausgesucht haben, die zum Einsatz gekommen sind, die Stoffe und Hölzer, das Leder und die Teppiche, die einzige Vorgabe unseres Vaters war der mannshohe Weinkühlschrank gewesen. Sie ist guter Dinge, vor Kurzem hat sie ihre Zusage aus Georgetown bekommen, *early acceptance*, über ein Jahr vor ihrem Abitur, und sie freut sich auf das Bergdorf Goodman, wo mein Vater sich immer unwohl fühlte, allein die Vorstellung eines Nachmittages im Bergdorf Goodman machte ihn aggressiv und wahnsinnig, sodass er immer vorab wortlos unterschrieb, um sich in den nahe gelegenen Oak Room zurückzuziehen, und den Vorgang mit einer Magnum Pichon-Lalande restlos aus seinem Gedächtnis zu löschen.

Dass ein technischer Defekt die Ursache für das Unglück war, ist unwahrscheinlich, das Flugzeug war fast neu, und jede Falcon wird vor der Auslieferung den-

selben rigorosen Belastungsproben wie etwa die Jagd-
bomber vom Typ Mirage unterzogen, ein Pilotenfehler,
Sabotage, eine Explosion, das alles war ohne das Wrack,
das nie geortet wurde, nicht festzustellen. In jeder Nacht
seither sehe ich sie fallen, ich sehe das Flugzeug über
die Westküste Schottlands hinwegdonnern, und meine
Schwester und meinen Vater dann in der Luft zwischen
den Wrackteilen, sie fallen, schreien, sind noch bei Be-
wusstsein, sie fühlen sich allein, während sie minuten-
lang durch die Kälte hinabstürzen.

Und dann muss ich an meine Mutter denken, in deren
Körper das Schicksal der beiden den Keim der Vernich-
tung gesät hatte, an das letzte Weihnachtsfest, das sie
noch erlebte, in ihrem grellweißen Zimmer im Cancer
Center, an die Nebelhörner der Schlepper, die unter ihren Fenstern stromaufwärts pflügten. Ich kann mich an
die erschöpften Gesichter der *grief counselors* erinnern,
die auch an Weihnachten rund um die Uhr im Einsatz
waren, an das Poltern der Achsen der schweren Lastwa-
gen über den Schlaglöchern weit unten auf der sechs-
spurigen Uferschnellstraße.

An diesem letzten Weihnachtsfest durfte ich meiner
Mutter keinen Christbaum in ihr Zimmer stellen, wegen

der Infektionsgefahr, ich durfte ihr keine Blumen mitbringen, ich konnte ihr nur eine Kerze und eine Madonnenstatue von Lalique auf ihren Nachttisch stellen, ihr ein weihnachtliches Seidentuch umbinden, das ich auf dem Weg ins Krankenhaus noch schnell im festlich erleuchteten Bloomingdale's erworben hatte. Ich hatte mir einen Faltenrock angezogen, am Morgen in Mystic hatte ich einen Truthahn in den Ofen geschoben, ganz schlicht zubereitet, ohne Pfeffer und mit wenig Salz und Olivenöl und mit Äpfeln und Zwiebeln gestopft, und als ich in der Küche stand, um auf den Truthahn zu warten, weinte ich fast die ganze Zeit, ich war erst neunzehn, als meine Mutter starb, nachdem ich mit achtzehn meine Schwester und meinen Vater verloren hatte, und ich tranchierte den Truthahn zu Hause und packte ihn in eine ofenfeste Porzellanschüssel, um ihn in der kleinen Küche auf der Station aufwärmen zu können. Meine Mutter hatte sich roten Burgunder gewünscht und wir saßen am Fenster, es trieben Eisschollen auf dem Wasser, wir nippten Richebourg und meine Mutter aß tapfer eine magere Scheibe Truthahnbrust.

Ein paar Tage später ist meine Mutter dann gestorben, wenige Stunden, nachdem ich für die Nacht wieder hinaus nach Mystic gefahren war, *peacefully in her sleep*, wie ein Spezialist mir sagte, aber wirklich wissen kann man das nie, vielleicht ist meine Mutter aufgewacht und hatte Schmerzen, sie hat gesehen, dass sie allein war, und wollte Hilfe rufen, aber sie war zu schwach, und ich konnte mich nie von der Angst befreien, dass meine Mutter elendig zugrunde gegangen ist, während ich draußen in Mystic in meinem Himmelbett lag und Meeresluft einatmete.

ALEX

Auf dem Expressway ist kaum Verkehr und ich schalte den Mercedes auf *cruise* und lasse ihn über die Schneedecke gleiten. Die Kellnerin neben mir scheint müde zu sein, jedes Mal, wenn ich sie ansehe und dabei ertappe, wie ihr die Augen zufallen, setzt sie sich auf und lächelt schläfrig; irgendwann schläft sie friedlich ein. Sie scheint Gefallen an mir gefunden zu haben, aber dass wir jetzt nach Montauk hinausfahren, um miteinander zu schlafen, erscheint mir nicht als folgerichtig. Ich meine, natürlich habe ich Lust auf sie, der Impuls ihres Erscheinungsbildes setzt die Mechanik meines Unterleibes in Gang, aber das allein bietet noch keine Rechtfertigung für den Ablauf, der uns jetzt bevorsteht.

Außerdem bin ich müde. Wie ich mich heute fühle, bin ich höchstens in der Lage, eine orale Zuwendung zu empfangen. Am liebsten würde ich mich in Montauk in meine Badewanne legen, die einen schönen Blick auf den Ozean bietet, und wochenlang schlafen.

Ich denke an die abseitigen Situationen, die man konstruieren muss, damit Vögeln überhaupt noch einen hinreichenden Unterhaltungswert hat, man kann sich zum Beispiel auf besonders schüchterne Frauen konzentrieren und diese dann überrumpeln, mit der Tatsache, dass es auf einmal ansatzlos zur Sache geht, und eine kranke Erregung daraus beziehen, wie sie überlegen, ob sie Einspruch erheben sollen, einen krassen Stimmungsbruch erzeugen, während sie sich ohne ihr aktives Zutun schon mitten im Geschehen befinden. Außerhalb solcher Szenarien ist die einzige Art, beim Vögeln noch Erregung zu empfinden, es als Steigbügel zu benutzen, in die Erinnerung an das Vögeln einer frühen Zeit hinein, als es jedes einzelne Mal noch ein Zauber war, was man aber aufgrund der Gefahr, nicht die Gegenwart hinauf-, sondern die Vergangenheit hinabzuziehen, nicht oft wagen möchte.

Ich muss an die endlose Abfolge schöner Töchter denken, die mir und meinesgleichen zu Studienzeiten präsentiert wurden, Töchter von Diktatoren oder Vorstandsmitgliedern oder weltberühmten Friseuren, andererseits auch Mädchen, die sich ihr Studium als Stripperinnen finanzierten, vor allem aber an die Vielzahl ehrgeiziger junger Mädchen aus grünen Vorstädten, mit denen Austausch grundsätzlich auf oraler Ebene stattfindet, generell ist die Unverbindlichkeit, mit welcher dieser in Amerika betrieben wird, nach all den Jahren für mich immer noch erstaunlich, sich eine orale Zuwendung zu sichern, stellt in Amerika überhaupt keine Schwierigkeit dar, vor allem dann nicht, wenn eine renommierte Universität in der Nähe ist, es ist wirklich gar kein Problem: man läuft abends entspannt in Georgetown umher, durch die ruhigen Straßenzüge, die zu den ältesten in Amerika zählen, bis man aus einem Haus die Bässe wummern hört und sich zur jeweiligen Festivität dann selbst einlädt, ein wässriges Bier zapft und sich neben ein angeheitertes Mädchen auf ein Sofa setzt und sich dann einfach so verhält, als ob man schon länger dasitze, als ob man sie schon ein paar Stunden lang charmiert habe, man strahlt unterschwellig die haltlose Behauptung aus, es sei jetzt so weit, und schon beginnt sie, einen zu küssen, oft seltsam aggressiv und meist

auch tollpatschig, und dann bugsiert man sie in irgendein unbesetztes, mit Mannschaftswimpeln dekoriertes
Footballspielerschlafzimmer, wo sie sich bereitwillig vor
einem hinkniet: jedes Mal dasselbe. Als würden diese
Mädchen eine Pflicht erfüllen. Und die ungewaschenen
Massen der angehenden Advokaten oder Bankange-
stellten oder Quacksalber profitieren.

PIA

Ich erkenne das Tor gleich wieder, obwohl kein Name
daran steht, und ich möchte nicht klingeln, ich kenne
einen Schleichweg, der auf das Grundstück führt,
durch den Birkenwaldstreifen, durch den der Zaun
nicht durchgezogen ist, und als ich aus dem Wald wieder hinaustrete, sind vor mir die Hügel der unter dem
Schnee schlafenden Heidelandschaft zu sehen. Wo die
Zufahrt verläuft, ist heute nur anhand der auf dünne
Stäbe montierten Lämpchen zu erkennen, die aus dem
Schnee emporragen, und ich stapfe hinüber, ich folge
dem leuchtenden Pfad. Meine Stiefel hinterlassen eine
einsame Spur im fast hüfttiefen Pulverschnee.

Ich möchte mich nicht zu früh freuen, aber ich spüre Festlichkeit in mir aufsteigen, ich muss an die vielen schönen und ernsthaften Worte denken, die Alex zu mir gesagt hat, in den sechs Jahren, in denen wir fast jeden Tag zusammen waren, und schon ist kein Halten mehr, vielleicht, denke ich mir, wird mir Alex die Kraft geben können, mich zu wehren, mich behandeln zu lassen, vielleicht werde ich längere Zeit in Krankenhäusern verbringen müssen, und ich lache, wie ein Idiot, Alex wird abends lange an meinem Krankenbett sitzen, er wird uns Essen aus dem Shun Lee kommen lassen, wo es eine Vorspeise namens *delicious steamed duck buns* gibt, die ihrem Namen alle Ehre machen, von kantonesischen Fingern geformte und über Entenbrühe gedämpfte Teigtaschen, die mit dem gehackten Fleisch junger Enten aus den Salzmarschen Long Islands gefüllt sind, Alex wird das Essen vor dem Krankenhaus in Empfang nehmen und unbemerkt in mein Zimmer hinaufschmuggeln. Meine Haut ist trocken und fast weiß, über meine Gesichtsknochen gespannt, meine Augen sind rot und hören nie auf zu tränen. Meine Lippen sind brüchig, bluten regelmäßig, mein Haar ist dünn und kraftlos und matt, aber ich freue mich auf dich, Alex, ich freue mich wie verrückt. Ich möchte deinen Blick auf mir spüren.

Als ich die letzte Düne überquert habe, ist über die Ruine des Sommerhauses hinweg, das offenbar einem Feuer zum Opfer gefallen ist, ein schroffes und finsteres Konstrukt zu sehen, das einer Vitrine gleicht und ganz vorne auf dem Grundstück auf Stelzen über den Strand hinausragt. Je näher ich komme, desto deutlicher ist zu erkennen, dass es Alex war, der dieses Haus errichtet hat, obwohl es eine Kälte und Resignation ausstrahlt, die ich von ihm früher nicht kannte, und vor dem Haus steht kein Auto. Im Haus brennt kein Licht.

ALEX

Auf dem Old Montauk Highway fahre ich in das desolate Städtchen hinein, am Memory Motel vorbei, das für den Winter geschlossen hat, und alles ist wie ausgestorben, nur aus der irischen Bar an der Main Street flackern schummrig die Barlampen. Die Fischer und Handwerker des Ortes, bärtige Männer in Arbeitskleidung, stehen vor dem Lokal in der Kälte und rauchen. Ich konzentriere mich auf das Aufblitzen der Lichter der Straßenlaternen im oberen Rand des auf dem Kühler vor mir montierten Mercedessterns, und als ich wieder auf den Highway hinaus beschleunige, in die Wildnis hinein, schlägt das Mädchen neben mir ihre dunklen Augen auf.

Aus der Ferne höre ich den Donner der vierstrahligen Transatlantikmaschinen, die auf ihrem Weg nach Europa an der Küste Long Islands entlangfliegen, darunter auch immer die späte Frankfurtmaschine, die 405, der Klassiker, und ich kann die Szenen vor mir sehen, die sich auf diesem Flug abspielen, an jedem Abend seit Jahrzehnten, etwa die müden Gesichter der Abteilungsleiter in der Business, die sich nach zwei oder drei Bier schlafen legen und sich auf die Kinder freuen, auf die Ehefrauen, auf die Rosen entlang ihrer Taunuseinfahrten, auf ihre Lieblingsdamen in ihren jeweiligen Asia-Oasen, während die routinierten, in der Regel verkaterten Lufthansapiloten sie ohne Zwischenfälle über den Atlantik in die deutsche Heimat zurückfliegen.

Meine Zufahrt ist unter dem Schnee nur anhand der auf Stäbe montierten Lämpchen zu erahnen, die ihren Verlauf markieren, zwischen denen ich eine Fußspur sehe, die schon wieder verweht, und während der Pulverschnee wie Gischt über meine Frontscheibe fließt, schießen auf einmal Bilder durch meinen Kopf, die aus meiner Kindheit stammen und die ich nur schwer genau einordnen kann: Nebelkrähen und Maschinenpistolen und Taunuswälder und marmorne Mausoleen, durch deren Mauern sich rote Adern ziehen, die wie in Oberflächen gefrorener Seen eingeschlossene Weinreben aussehen.

Vor dem Haus springt das Mädchen aus dem Auto und huscht gleich davon, sie taumelt auf den Ozean zu. Wie die meisten Menschen beim ersten Mal kann sie die narkotisierende Schönheit dieses Ortes kaum fassen und hüpft ausgelassen durch den Schnee auf den Stufen der in die Wipfel der Dünen eingelassenen Meereswindterrassen. Ich habe Mühe, sie wieder einzufangen. «I wanna stay here!», ruft das Mädchen, «I never ever wanna leave!» und sie springt an mir hinauf und küsst meinen Hals, und über ihre Schulter hinweg kann ich auf das Meer hinausblicken, auf die zehn Meter hohen Brecher, die über die Sandbänke rollen, auf die angeschwemmten Hummer und Haie und Baumstämme und einen kyrillisch beschrifteten Schifffahrtscontainer, den der Sturm auf den Sand geworfen hat, und das Mädchen zittert, die Temperatur muss unter dem Gefrierpunkt liegen, und ich trage sie ins Haus hinein und setze sie auf einem der Sitzmöbel an der versunkenen Feuerstelle nieder.

Die Fähre macht ihren Weg durch die Dunkelheit, über das Wasser, an Plum Island vorbei, wo in vergangenen Jahrzehnten biologische Kampfstoffe an Strafgefangenen getestet wurden. Das Schneetreiben ist heute wunderschön und ich versuche, nicht zu weinen, kalt und hart gegen mich selbst zu sein, aber ich bin traurig, so todtraurig, dass mir das Einzige, das ich mir noch gewünscht habe, nicht vergönnt sein wird. Mein heutiger Versuch, zu Alex zu gelangen, war die letzte Handlung in meinem Leben, die ich aus Hoffnung unternommen habe.

Ich muss an das letzte Mal denken, dass Alex und ich uns gegenübersaßen, im Herbst nach unserem Sommer in Montauk, ein paar Tage nachdem meine Mutter und ich aus der Schweiz zurückgekehrt waren. Ich hatte ihm nichts von der Reise erzählt, ich war tagelang nicht erreichbar gewesen, und als ich wieder im Taunus war, als ich in meinem Schlafzimmer auf der Bettkante saß, fühlte ich mich allein und elend. Wir hatten Streit an diesem Abend und ich war wie gelähmt, als mir bewusst wurde, dass ich Alex zum ersten Mal fremd war. Nicht er mir, sondern ich ihm, und er konnte mir sicher ansehen, dass ich ein schlechtes Gewissen hatte, dass ich ihm etwas beichten wollte, aber nicht konnte, da ich Angst hatte, dass es unsere Zweisamkeit zerstören könnte, und ich war hilflos, ich hätte alles getan, um unsere Nähe wiederherzustellen, aber ich schaffte es einfach nicht, Alex die Wahrheit zu sagen.

Auf dem Flug in die Schweiz hatte ich eine Sonnenbrille getragen, ich hatte aus dem Fenster gestarrt, ich hatte mir geschworen, mit niemandem Augenkontakt zu haben. Ich erinnere mich an die herbstlichen Farben an der Uferstraße, an eine sogenannte Fabrikantenvilla, die von manikürten Wiesen und hohen Kastanien umgeben war. In den Wochen zuvor war ich überfordert gewesen, ich hatte Angst gehabt, ich war blindlings der Argumentation meiner Eltern gefolgt, ihren pragmatischen Überlegungen, und als die Ärztin mich informiert hatte, dass die Prozedur reibungslos verlaufen war, wusste ich mit erschütternder Gewissheit, dass ich einen Fehler gemacht hatte, dass ich zum ersten Mal etwas getan hatte, das nicht gutzumachen war. Ich hätte mit Alex sprechen sollen, ich hätte es meinen Eltern verschweigen sollen, wir waren fast erwachsen, und es wäre sicher belastend für mein Kind gewesen, mich sterben zu sehen, aber vielleicht wäre dann alles anders gekommen, und auch wenn nicht, wären die Jahre schöner und wertvoller gewesen.

Im Verschlag auf dem Oberdeck ist niemand mehr, es wird kein Bier mehr ausgeschenkt, der Barmann hat Feierabend. Mein Blickfeld wird von grellen Farben gestört, von unnatürlichen Formen, Nebenwirkungen der Zerstörungsprozesse, die in meinem Gehirn ablaufen, ich habe Schüttelfrost, kriege kaum Luft, ich höre ein Schluchzen und würge es ab, *nicht weinen!* brülle ich in mich hinein. Ich balle meine Fäuste.

ALEX

Mein Haus hier, das ich habe errichten lassen, nachdem mein Elternhaus, das weiter oben auf dem Grundstück stand, von einem Orkan beschädigt worden war und im Anschluss Feuer gefangen hatte, besteht aus zwei dreißig mal dreißig Meter großen Stahlplatten, die rundum durch gläserne Wände getrennt sind und auf Titanstelzen stehen, die in den Sand hineingetrieben und in der Tiefe im Fels verankert werden mussten, was unverhältnismäßig kostspielig war. Auf der umlaufenden Terrasse stehend, über der prähistorischen Einöde schwebend, über der Strömung, die seit jeher vor der Küste Long Islands wildert, wo unzählige Deutsche in den stählernen Särgen gesunkener U-Boote begraben liegen, hat man in alle Richtungen einen erhabenen Blick, man fühlt sich, wie Walt Whitman über einen Felsen schrieb, der von dort aus in Sichtweite liegt, «wie auf dem Schnabel eines mächtigen Adlers».

An der linken Flanke des Quadrats ist durch eine Wand ein sechs Meter breiter Streifen abgetrennt, in dem sich Küche, Bad und Schlafzimmer befinden. Meine Küche besteht zur Gänze aus klimatisierten Weinschränken, in denen die Reste der Weinvorräte meines Vaters gelagert sind, und über meinem Bett hängt ein Sturmgewehr von Heckler & Koch mit Granatwerfer und Schalldämpfer, das ein Geschenk von Keith Richards war, mit dem ich im letzten Jahr ein Interview geführt habe, mit Bergsteigernägeln habe ich das Gewehr an das blau schimmernde Gestein der Trennwand genagelt.

Der Rest der Grundfläche besteht aus einer unmöblierten Halle, in deren Mitte eine versunkene Feuerstelle liegt, die von einer ovalen Sitzgruppe umschlossen wird und deren Flammen, wenn man sie auf *High* dreht, bis zur acht Meter hohen Decke hinaufreichen. Die Kälte der rohen Schale des Hauses, des Glases und der stählernen Stützpfeiler, bildet einen schönen Kontrast zu den warmen Materialien der Innenausstattung, dem Wildleder auf den Einbaubänken und den breiten und sehr langen Dielen aus honduranischem Mahagoni, von denen eine wie ein Sprungbrett meterweit über das versunkene Oval hinausragt, um als Tisch für Cocktails zu dienen, wie die Planke auf einem Piratenschiff, die ich gelegentlich, wenn ich hier draußen allein und betrunken bin, Beethoven hörend entlangzuschreiten pflege, den fauligen Atem der Seeräuber in meinem Nacken, ihre rostige Klingen, um dann in die unruhigen Fluten hinabzuspringen oder in das direkt vor mir lodernde Feuer.

PIA

Tränen laufen über mein Gesicht. Ich finde keinen Halt. Ich habe diese verstörenden Schmerzen, nicht wirklich stark, das machen die Opiate, aber anders als bisher und fremd und bedrohlich und auch an Stellen in meinem Körper, an denen ich vor Stunden noch keine Schmerzen gehabt habe, ich habe Angst, ich habe solche Angst.

Ein letztes Mal frage ich mich, ob es das Unglück war, das mich krank gemacht hat, ob die Krankheit wittern konnte, dass ich waidwund geschossen war? Ich werde darauf keine Antwort finden. Und in meinem Herzen wütet heute ein unversöhnlicher Zorn, unerbittlich und radikal, aber seine Kraft hilft mir nicht, ich muss mich auf meine Trauer konzentrieren, wenn ich das allein durchstehen soll, muss ich mich auf meine Trauer konzentrieren, die tiefer als alles ist, das ich jemals gefühlt habe.

ALEX

Ich drücke auf einen Knopf und im Oval geht das Feuer an. Das Mädchen kniet bereits und ich trete sehr nah an sie heran, ihre Haare hängen links und rechts über ihre Schultern hinab, sodass ihre Brüste nicht zu sehen sind, und ihre Möse trägt einen weich aussehenden, entzückenden Flaum, wie der Bauch eines neu geborenen Angorahäschens. Verlegen zupft sie an meinem Reißverschluss und fragt: «You really want me to?» und ich antworte: «Yes sweetheart, I do» und natürlich komme ich mir auch primitiv vor dabei, aber jetzt ist Blut im Wasser, ich lasse meine Hose fallen und die Spitze meines Schwanzes zeigt direkt in ihr hübsches Gesicht, irgendwie unhöflich deutlich, und mir wird bewusst, dass ich Amerika den Rücken gekehrt habe und dass mein Schwanz über den Atlantik hinweg nach Europa weist, nach Deutschland sogar vielleicht, und ich beobachte sie dabei, wie sie gebannt an meinem Schaft entlangstarrt, in mein Schamhaar hinein, und meinen Schwanz in die Hand nimmt und von allen Seiten interessiert begutachtet. Dann lässt sie meine Eichel langsam zwischen ihre warmen Lippen hineingleiten.